16岁，17岁，19岁，从新兵到老兵

80年代
新诗经典

蓝水兵

李钢/著

西南师範大學出版社
国家一级出版社 全国百佳图书出版单位

图书在版编目（CIP）数据

蓝水兵 / 李钢著. -- 重庆 : 西南师范大学出版社, 2017.8
ISBN 978-7-5621-8833-9

Ⅰ. ①蓝… Ⅱ. ①李… Ⅲ. ①诗集－中国－当代 Ⅳ. ①I227

中国版本图书馆CIP数据核字(2017)第166498号

蓝水兵
LAN SHUIBING
李 钢 著

总 策 划：蒋登科 吕 杭
责任编辑：吕 杭
封面设计：闰江文化
版式设计：尚品视觉 CASTALY 周 娟 刘 玲 代 艳
出版发行：西南师范大学出版社
地址：重庆市北碚区天生路2号
邮编：400715
网址：http://www.xscbs.com
印 刷：重庆紫石东南印务有限公司
开 本：889mm×1194mm 1/32
印 张：7
字 数：150千
版 次：2017年10月 第1版
印 次：2017年10月 第1次印刷
书 号：ISBN 978-7-5621-8833-9

定 价：42.00 元

目录

MU
LU

卷一 雾中

卷二 创世者

卷三 双人舞

卷四 南方

卷五 树的脸

卷六 东方之月

卷七 蓝水兵

代跋

卷一 雾中

WU ZHONG

1982年，在重庆

雾中

你是谁？
你这蒙着面罩的江洋大盗——
什么时候把地球装进了
　　这只白色的袋子，
背着它
　　你要走向何方？

你是谁？
你这隐匿形迹的宇宙之神——
为什么让世界陷入了
　　原始的混沌，
今天早晨
　　让我迷失在古老陌生的峡谷？

你是谁？
你这法力无边的魔术师——
用巫术召回了
　　这谜一般的大气，
于是，在恐怖中
　　我看见了奇迹：

在银灰色的虚无中，渐渐地
　　出现了山影，
　　出现了树木，
　　出现了城市，
终于，迎面走来了
　　第一个人。

呵，你到底是谁？
你这神秘的不可知者——
是怎样浓缩了时间
　　在一个短短的早晨，
惊人地重新演变着
　　人类千万年的历史……

人间戏剧

——读《圣经》

耶稣是为了拯救人类而受难的
耶稣是让犹大出卖了的
耶稣被钉在了十字架上
犹大却赚了三十块大洋

耶稣是女人玛利亚生的
玛利亚是跟上帝睡过觉的
上帝说玛利亚是“清净受胎”
玛利亚便赢得了“圣母”的荣誉

戏台是人们自己搭的
戏也是演给人们看的
看出了什么你最好别讲
戏演完了你要有礼貌地使劲鼓掌

圈蚂蚁

—— 一个儿童游戏

一群蚂蚁背着粮食
辛辛苦苦地向巢穴爬去
忽然，一只孩子的手伸向它们
用一块樟脑
在蚂蚁周围画上一圈白色痕迹

于是，在孩子愉快的笑声中
那圆圈成了蚂蚁的监狱
任它们在里面惊惶地奔跑
却始终不能够逃离

孩子笑够了，玩腻了
也许会抹掉圆圈
释放这些无罪的蚂蚁
但是，蚂蚁的不幸还在后面
——因为染上了樟脑的气味
它们又被同窝的兵蚁无情攻击

对于蚂蚁们
这真是一个天大的悲剧
可对于那个孩子
只不过是一个有趣的
微不足道的游戏

在海滩

在海滩
脚印翘首凝望着
　　远去的主人

你已走得很远
再也无法听见
　　风在一只空螺中
发出的声音

这声音像一支魔笛
从云层召回了
　　童年的帆影
唤醒了大海古老的爱情

当天空敞开胸膛
袒露出一颗耀眼的心脏
　　把海照射成蔚蓝
从幻觉的指缝里
我看见脚印在海滩上奔跑
　　像跳跃的音符
那是你奉献的乐章

你站在陡峭的岩壁
默默地咬破嘴唇
用血染红了身边
　　一片矮小的松林

你有力地举起双臂
指挥整个海洋
奏出了深沉雄浑的音诗
　　让遐想越过时间
在世界永久留下光的回声

舞会

是这旋转的屋子
带动了旋转的世界
在暗蓝色的时间
紊乱的节拍里
我们不停地走着
永远走不完的路

忘记留在空中的脚印吧
避开喧闹的声音
石头，和摇摆的身影
眼睛是真实的
长长的睫毛也遮不住
宇宙深处跳动的星球
男人的
和
女人的

发丝轻柔地飘动
血管在喘息
我们的嘴是为说谎而生的
心也可以一千次否认
若有若无的感觉
薄薄的窗纱过滤着音乐
弯曲的胳膊、烟雾
呼吸和腰肢
变形的人
脚步踩平了坟堆

我紧紧咬住一个字眼
从生命的开始直到末日
你也这样

我们都不十分自信
幻觉的筛子抖落了理智
如果有谁敢于抬头说一声：不
那么，时针和分针将会
永远重叠，海潮
就卷走了
那只鞋子
为了急促而短暂的一瞥
世界从此不存在秘密

月影移向森林
沙子从指缝漏下
童年的摇篮在微晃
城市的梦呓
人间的喜剧和悲剧
华尔兹、探戈
盐或者糖

嘴唇渗出了血

明天我要去山上
找寻我的绿色的骨骼
让太阳的枪弹
从远处楼顶的一块玻璃上
射进我的瞳孔

但今夜，我只需要安宁
当你转过脸去
踏响了生命的琴弦
我就在窗子上呵一口气
用手指随意勾画着
雪花的图案……

斑点

在松软的草地上
只有熟透了的苹果在哀怨
哀怨身上一个浅灰色的小点
那是一种哲理
犹如女人脸上出现的雀斑
红色海洋覆盖着苹果
黯淡的灰点
不过是可憎的风暴卷起的漩涡

它似乎在暗示什么
当草地沉浸在绿色的恬静里
隐蔽的蟋蟀
无限重复着高深莫测的歌声
时间却钟爱着
这被宠坏了的渺小的妖魔
一个灰点
在光滑的弧面上随着
自己的思想节奏默无声响地跳跃
从光和空气中
引来灾难和毁灭
献给那瞬息万变的季节

不要惊诧，也不要疑虑
夜空的田野已经成熟
一片银斑从东方升起
用智慧的利刃收割黑色的庄稼
蟋蟀的歌声飘向宇宙果园
星辰跳下葡萄架开始狂舞
在闪烁着秘密的微光里
该怎样理解印度少妇额前的吉祥痣
为了这块银斑
为了那苹果上的灰点

银斑融进湖蓝色的土壤中
最后一颗乌黑的稻粒
已被晨风的薄纱拂去
褐色的蟋蟀
纵身跳上太阳车的金轮
带着欢乐作一次漫长的旅行
而那草地上的苹果不见了
绿色托举着一块灰斑
灰斑上渗着一滴血色的泪珠
那是昔日骄傲的记忆
如同恶浪中沉浮的一片红帆
灵魂深处若隐若现的爱情

一秒钟

唯有爱情的谎言是不朽的
巨石悬在空中
因你的存在而玲珑
那时世界默无声息
你从洞穴里走出
创造了上帝
一秒钟

而后上帝才创造人
桂树生长在月球多年
星辰熟透了落下来
洪水从你脚边退去
你等我太久
一秒钟

我来得太迟
风已凝聚成化石
你的叹息已是最神秘的遗迹
历史自杀过多次
年轻的孀妇纷纷躲入神话
我们相遇，注视着
飞船飞遍了宇宙每一个角落
我们注视着
一秒钟

我曾经是男人
一秒钟
我是陨星从你的眼中掠过
一秒钟
战争的浮雕下，我们吻过没有
火舌凉凉地舔着前额
一朵花在你鬓角永恒
我们吻过
一秒钟

恋是什么
歌是什么
笑是什么
一秒钟
死亡是什么
一秒钟
我们站着
时间的河流把我们隔开
时间只是
一秒钟
自古以来爱情是伟大的谎言
谎言是不朽的
不朽是什么
一秒钟
一只巨眼俯视着
不闭也不眨
你从洞穴里姗姗走来
你是何人
一秒钟

山与江河

太阳用金箭赶走了所有的云，
大地干渴了，张开嘴喘息，
　　却找不到水喝。

一个勇士骑马走来，扔掉了头盔，
　　用利剑把自己的喉管割破。
他趴在大地的唇边，
让大地把殷红的鲜血吸吮

大地喝饱了，
但勇士却悄悄死去。
　　他仰卧在大地上，
用僵直的目光向太阳望着，望着……

大地忍不住哭了，
泪水从勇士身旁默默流过。

我出世了。
　　妈妈指着勇士的身躯告诉我：
这是山；
　　妈妈指着大地的泪水对我说：
这是江河。

卷二 创世者

CHUANGSHIZHE

1983年，在重庆

祖国

我像建筑架一样站起
　　像高楼、桥梁，尖塔和烟囱
　　像古老又年轻的银杉一样
为了你站起

你不是我坐在长椅上的恋人
你是海洋，是山岳
　是和我的肤色一样的土地
是钢琴的低音键上
迸出的两个强烈而又沉雄的重音
久久地，深深地
打动
我的心

当水兵帽的飘带飞扬
飘带上的金锚投入你灼热的呼吸
连着我的思绪
当我怀搂着枪
　　脊背贴紧了岩石
　　清冷的滴水声穿透梦境
从那个时候起
你悲伤或者喜悦
我就是你的眼泪和笑声

我会穿过迷雾和硝烟
　　奔走在田野
如同庄稼穿过漫长的世纪
如同稻麦、高粱和甘蔗林
在微风中轻轻呼唤你的名字
呼唤我要用胸膛护卫的两个字
祖国

妈妈，妈妈

在旅店，别人的鼾声里
我把灯歪歪斜斜地
拉到床前，凑着
读母亲的简短的信，说
篮子里还剩几个鸡蛋
我走时匆忙，忘记煮给我带上

隔壁有孩子在哭，喊着
妈妈，妈妈

我的泪便一颗一颗滚落地上
渗入。真愿地下有条河
弯弯曲曲
弯弯曲曲连着家乡的水井。我的泪
明晨就会爬上井栏
凝成露珠
待母亲前来打水时
悄悄
拭在她的衣角
一颗一颗

创世者

笔直宽阔的马路上
移动着黑压压的下班的人群
　　有穿着油亮的工作服的
　　有穿着轻飘的喇叭裤的
　　有穿着大头黄皮鞋的
　　也有衔着纸烟的……

男人们深暗的身影中
　　跳动着姑娘们鲜艳明朗的
衣裳和短裙

无数只眼睛在黄昏的天空下
　　闪动着不同的光彩
千百张生动的脸
　　黝黑的、白嫩的、长满胡须的
　　刻着皱纹的、露着牙齿的脸
被落日和晚霞
　　抹上了一层淡淡的余红
叫人想起了一幅油画

但这不是油画
那嘈杂的声音
　　尖细的笑语，轻松的口哨
　　浑浊的咳嗽，热烈的讨论
正振动着四周的空气
组成了一支乱糟糟的交响乐
　　这是真实的人

是的，这是真实而平凡的人
　　他们在世界的路上走着
把明天托起在手中

母亲

她的岁月是一根线
　　穿在细小的针孔里
密密麻麻地缝在无数件衣服上

年轻的时候，她为自己
　　缝了一件嫁衣，穿着它
　　嫁给了一个老实的穷汉
为他默默地缝着衣上的补丁
和一个个失望的叹息

儿子呱呱落地了
她不出声地微笑着
　　把幸福的幻想和遥远的祝福
　　缝在了婴儿的襁褓

如今儿子正躺在一张床上
他很累，已经发出了匀细的鼾声
粗壮的臂膀把工作服
　　撑破了一个小口

母亲又拿起针线
　　在儿子身旁轻轻地缝着
儿子没有醒来，他用手搭在额头上
　　做着一个醉人的梦
　　梦见的不是母亲
　　是一个年轻的姑娘

一个青年

早晨，带甜味的空气中
　　一个青年站在轻柔的朝雾里
　　站在路旁的树丛里

没有梳理的头发蓬松散乱
　　衣服上有许多油污和泥点
　　双脚把雨后的湿土踩出了浅浅的小坑
他的脖子上有一道紫色的伤痕

他转过脸来
惺忪的眼睛布满了细红的血丝
　　瞳孔里射出青春的刚毅的光彩
　　也许还夹杂着一点儿迷惘
紧闭的嘴角上挂着隐隐的痛苦
　　和惊人的自信

他久久凝视着雾中模糊的远方
　　似乎是在沉思
　　又像是在谛听
从旷野的工厂和江边的船上
　　传来了汽笛的叫声
他手里捧着厚厚的书本

我不认识这个青年
但我认识早晨的中国

窗户

这是普通的窗户
工人大楼的窗户
迎接阳光和空气的窗户
　　夜晚，拉上了
绿色的、蓝色的、淡红的、洁白的窗帘
　　变成了生活的银幕

银幕上忠实地映着各式各样的人影
　　踱来踱去的影子
　　沉思不动的影子
　　不断跳跃的影子
　　分开又合上的影子
还有叫不出名字的影子……

夜深了，灯火在窗户上逐渐消失
又传出了无数奇妙的声音
　　柔细的呼吸声
　　有节奏的鼾声
　　含混的梦呓声
　　婴儿的啼哭声
也有丈夫和妻子的低语声……

据说，新世纪是从天上降下来的
　　是从海上飘来的
我说：不是
　　是从这些普通的窗户里飞出来的

胸膛

你打开衣襟
粗犷地裸露出胸膛，我看见
大自然又增添了
一块黝黑的土地

我们这颗星星
有高山，有洼谷
面对你的胸膛
我想起了那些宽阔的平原

这深棕色的胸膛，展示出
一个朴实的带野性的生命
充满了劳动者
对生活的强烈的爱
蕴藏着和心一般贵重的感情
当阳光落在上面，像鸟儿
自由地跳跃着
从细密的毛孔吮吸出汗珠
又快乐地飞离
我伸手捉住了阳光
感到了新增添的热量

呵，千千万万的人
就用这样的方式
温暖着太阳

为了净化灵魂
人间有教堂，有庙宇
但我看见了你的胸膛，我相信
这是世上最圣洁的地方

我父亲

我父亲从朝鲜回来
用胡须扎我的脸
叫我喊他“爸爸”
母亲说，他若在战场牺牲了
我就是遗腹子

但他没有死。从此
我便有了父亲
他用巴掌揍我的屁股
不准我哭，还说
他胳膊上有日本人的弹片
也没哭过。我摸了摸
圆圆的
硬硬的

过了许多年
他拄上了手杖
开始用温和的目光打量我
又总是摇头

有一天，他突然昏迷
醒来不再认识我和母亲
我守在床前
却和他相隔那么远
仿佛各在人生的两端
于是我唱起他年轻时的歌
《新四军军歌》
他竟用手打着拍子，那么准确
父亲和儿子之间
漫漫的人生
和谐地回荡着这支曲子
谱曲的人还活着
是他的老战友

后来，我终于捧着一个方方的
沉甸甸的陌生的世界
另一个世界。里面盛着
那个用胡须扎我的人
那个用巴掌揍我的人
那个用目光打量我的人
和他的手杖。从此
我没有父亲了，他死了
留给我一支曲子

母亲说我长得不像父亲
真的，一点儿也不像
我个头比他高
胳膊上没有伤痕和弹片
但我牢记着
我是父亲的儿子

战士和他的眼睛

黎明，田野里走着一个战士
一个戴着墨镜的战士
一个失去眼睛的战士

这是一个坚强的人
他用竹棍探索着脚下的路
艰难地走着
他在寻找自己的眼睛

可他的眼睛在哪里呢

战争。拂晓前的总攻
炮火把夜撕成了碎片
有两片嵌进他的眼眶
这时，他的战友开始欢呼了
这时，太阳刚刚升起来

他要看一看太阳
他要看一看倒在地下的敌兵的尸体
他知道，此刻祖国正安详地微笑
他要看一看祖国的笑容

但是，他看不见
夜的碎片永远遮住了他的视线
他没有眼睛了

一个战士不能没有眼睛
他急躁地在田野奔走
他要找回自己的眼睛
他从花丛穿过
花朵为他喷吐香气
鸟儿在他头上飞着
为他引路，为他歌唱

他闻到了花香
他听到了鸟唱
他感到脸上痒酥酥的
那是阳光在抚摸他
他开始平静了
他觉得自己在祖国的怀抱里
他觉得自己是幸福的人

在一个水塘边他停住脚步
用棍子轻轻搅水，发出响声
水塘清澈而又明亮
映着庄稼，映着村舍
映着空中和平的轻云

他知道，他不会再有眼睛了
但是，他笑了

在黎明
水塘边久久地立着一个战士
田野无限宽广，静静地
小心地托举着
战士和他的眼睛

共产党人

一

当勇士在神话中倒下
他的躯体内，就会站起一个英雄
当奴隶在希望中死去
他们的尸堆里，就会站起他们的儿子
在英雄化作的英雄无数次倒下之后
在奴隶的白骨又盖满奴隶的白骨之后
从东方大陆的伤口中
　　铁锤与镰刀的交叉点上
　　问号与惊叹号的交叉点上
站起来——共产党人

二

这些人一无所有
就像他们的祖国
而祖国
贫穷得只剩下一个沉重的名字
压在他们肩头
他们扛抬着祖国前进

三

我的父亲成为共产党人的时候
这个世界没有我
我是节日的焰火
　　在欢呼中出现
我是如歌的长风拂过田野
　　唤醒庄稼和炊烟
我是茂密的森林覆盖着山岭
　　是城市上空瑰丽的新云
　　托载着梦和幻想

我年轻、健壮、高大
父亲比我矮小
他身上布满伤疤
斑斑点点
　　像弹坑、倒塌的房屋
　　像干涸的河床和被盗的墓穴
　　　　布满土地
　　像死神留下的吻痕
　　像革命留下的漫长的脚印

父亲用双手举起我
把我交给祖国
在湛蓝的天空下
共产党人自己留下伤疤
把青春与健康献给祖国
把繁荣与富足献给祖国

四

共产党人走在人民中间
穿着劳动者的服装
他们是铁匠
　　锤锻着意志与信念
他们是纤夫
　　把民族拉向光明与理想
他们是农民
　　播种爱与幸福

火热的高炉里
奔涌出共产党人的血液
实验室的荧光屏上
能够看见共产党人的心跳
在建筑工地，一幢幢大厦矗立
那是共产党人的身躯
　　古代诗人的梦幻
有时，你遇到困难
一位开汽车的士兵会向你走来
用一个微笑
解除你的苦恼和焦虑
　　他是共产党人

共产党人是普通的人

五

我是年轻的诗人
在辽阔的土地上
用明快响亮的调子行吟
我歌唱共产党人

他们
　　把呼吸献给风
　　把胸膛献给道路
　　把血液献给旗帜
　　　　旗帜一遍又一遍被血刷新
　　把智慧和手献给劳动与创造
　　把眼睛献给太阳和光
　　把喉咙献给呐喊与歌声
　　把骨灰献给土地与海洋
他们是彻底的无产者

我是年轻的诗人
我歌唱共产党人

六

共产党人是无神论者
他们活着不建造神殿
死了也不要
纪念碑

卷三 双人舞

SHUANGRENWU

1985 年，在重庆

那一夜

那一夜，在郊外的篝火旁
我们无声地坐着
守护着一个即将逝去的时刻

当火光照亮了你的脸庞
你的心该也是如此安详
但那柔弱的火苗低舔着
一丝过早到来的
微凉的秋意，我们
隔着这暗红色的屏障
悄悄掩埋着陌生的
捉摸不定的感情

为了夜的静寂
我们屏住急促的呼吸
难道是怕引起
火光不安地跳动
而那模糊的天边，一片孤云
拭去了月的泪水
月的泪水
又是为了谁人

我只能把我的爱
一片一片扔进火堆
让它化作火焰边缘
一圈淡淡的蓝色，为你的脸上
增添一层神圣的光泽
直到朦胧地睡去

黎明降临的时候
那一夜，和那无声的故事
已经被火烧掉
永远也不会再现
你起身走向旷地
我却迟疑着，跪在地上
久久地吻着那一夜
燃烧过爱情的
黑色的灰烬

献诗——给 Y

我们的婚礼实在简单
是的，实在简单
如同我们对世界的看法
如同你第一次在我耳边
低声讲述的故事
只有一个字
爱

你永远是谜语
当你站在透明的门内
久久地，静静地
我便停住脚步
退向路旁的小树，看着街道
在玻璃上变幻美丽又古怪的图案
展现你无法猜测的情绪
直到你看见我，向我微笑
为了这
感谢我

我会带你去森林
跪在两棵大树之间
潮湿的草地上
采摘蘑菇和鲜花
让卷曲的身影
像简谱上的 5 和 2
太阳不断发光，就在身旁
变成一个桔红色的休止符
虽然我们没有一只花篮
纵使有，又能装回
多少诗和幻觉

所以，有时你的故事在梦中重复
我就悄悄坐在床前
望着你的睡容出现甜意
甚至烦躁和惊恐
或者走到窗口，对着天幕
猜测哪一颗星星
将会闯入我们的生活
猜测你的上帝的方位
假如你默默祈祷
我便隐约听见天堂的钟声

只有一次我把你摇醒
对着月光，为你朗诵《那一夜》
呵，那一夜
如果我们能坐在月牙两端
就像童年坐在跷板上
但我们的童年不在一起，以后
也不可能

当深秋从你的眼睛里
布满黄昏，凉风伴随着音乐袭来
萦绕在我们紧靠的身躯
树梢上，我的目光凋谢
飘飘摇摇，落进你的掌心
我就用咏叹调的节拍
为你倾吐心灵的秘密
仿佛我们倚着船栏
看江鸥飞近又飞远
飞近又飞远
我思念海
你向往海

海在很远的地方，淹没了
我的心和你的心之间
那一片荒凉的空白
潮来潮退，浪的触须
在浅滩上描着花纹
你是一条岸，我是一条岸
岸和岸不停地跳动
牵着弯弯的
七彩的幻想，在雨后

该怎样向你形容槟榔树
又怎样向槟榔树形容你
我只有用视觉
将你们的影子重叠
仿佛我的名字叠上你的名字
成为永远纠缠不清的线条
仿佛电缆在空中交叉而成的
抽象又带象征的图形
我让平静的心化作平静的海滩
轻轻地托起你
在你的招动中，解开缆绳
我的三角帆驶向太阳

不是为了分离
不是。只是为了让你的声音
像蜻蜓紧紧地追随我
让潮水带回我装满祝愿的瓶子
拉起在你的网中
而我将在遥远的地方燃起篝火
我的思念扑向火焰，化作轻烟
弥漫在早晨的薄雾里，让你
闻到这亲切的略带糊味的气息
想起我。你会举起手臂
和我的手臂相连
在陆地和天空尽头
成为一条永恒的长线
让所有的人世世代代
走向这条漂亮的长线，绵绵不绝
让你的一个字的故事
在绿和蓝
生命和幻想中，得到
无限的重复

一个早晨的回忆

清早你的歌声就在林中缭绕
结果缠在树干上
怎么也解不开了

这时我偶然路过
和你相遇当然是一种巧合
我们似乎对视，时间很短
彼此只留下淡淡的印象
更何况隔着晨雾看不清楚
甚至怀疑对方是否存在

此刻阳光也来林间散步
无意中碰响缠在树上的歌声
像拨动一张竖琴
我相信我们的心都在急跳
但愿这仅是我几秒钟的幻觉

我的幻觉突然定格
最后一秒从此成为永远
这一切被镶上画框，钉在墙壁
我和你，还有那个早晨
其实都已消失

也许你将这幅画制成了明信片
虽然是后来很久的事情
你把它投往不曾到过的地方
为了那个偶然的早晨

唔，在这个人间
若还有可能
你就凭这张明信片找我

昨天我还在猜想

昨天我还在猜想
你可已缝上了那把小伞撩起一角
上次我举着它
夜晚就从那儿逃走
让雨留在你的肩膀
却使我的手表
比往常快了一倍

昨天我还在猜想
你不会让我独自徘徊
很快就来带我走出拥挤的车站
你会悄悄摘去最后一朵夹竹桃花
然后再问我这棵树开花的日子
我只能告诉你
我不知道

昨天我还在猜想
我总该在台阶下稍作逗留
隔着铁栅看看那株龙舌兰
顺便也找找你常去的一家邮局
这时你就从一旁仔细打量我
贴近耳根对我说
还是老样子，一点儿没变

为了我昨天的猜想
你会在我的胸口贴一张邮票
再让邮戳狠狠地踩上一脚
把我投寄到没有火车的地方
——但你就要后悔的

所以，昨天我还在猜想
当风或者河流将我退回
你又迫不及待地打开我
把我读上十遍
接着就会发现
我的这个世界，早已
没有秘密

情绪——在医院

用纤细的针尖刺破我的皮肤
刺进我的血脉吧
只要针管连着你的手
你的手
连着
你的心

只要让我在短暂的时间里
久久地注视着你的眼睛
我就会成为一个
陌生的
天外来客
怀着胆怯的心情，遥望着
某个星座
苦苦地猜测
像你隐在口罩后面的微笑一般
神秘的文明

假如你允许
假如我化作异星的树
我就会相信
你的嘴唇将是属于我的月亮
但假如
一分钟等于六十一秒
我就会在你炽热的目光下
融化成一团气体
被你
深深地吸进
再
轻轻地吐出

永远也不可能
永远也不可能
如同我永远也不知道
你洁白的身影和洁白的衣裙
是怎样
在洁白的墙上
悄然隐去
留给我一段茫茫的历史
和
历史一般茫茫的思绪

过了五个世纪
我才想起
那一针很疼

故事片

你就在那儿等我
就在蛐蛐儿隐居的琴房边
一小块长着浅草的空地
那里有一张长椅
你走去，偶尔会有胆小的蜥蜴
慌忙逃进石缝
吓你一跳。你用手
拂去椅子上从银杏树枝
生出又落下的黄蝴蝶
捡起一片或者两片当作书签
坐下，给我留着一半位置
然后出神地盯着小蜘蛛
在树枝底下玩吊环
你就在那儿等我

我会准时到来。从背后
突然蒙住你的眼睛
当然你不用猜就知道是我
我会为你讲述一部故事片
一个人扮演剧中所有的角色
直到你掉泪，而我同时
也在苦苦回想某个漏掉的重要细节
这时蛐蛐儿便用琴声打破沉寂
断断续续，如同异国的音乐飘来

你央求我省略结局
扑在我怀中，说你有点儿害怕
弄得我不知所措
你挽住我的手臂要我到别处走走
这样我们便走出镜头
让蜘蛛在长椅上结网
让长椅和网留给后来人

吹奏曲

踏着圆号的吹奏曲
从月亮里
你来。依旧走到
你熟悉的十字路口
跨过电杆投下的粗长的黑道
拐进一条深巷

房子们都闭上眼睛佯装不知
我就从一扇小窗跳出，骄傲地
和你并肩前行
走过小时捉迷藏的垃圾箱
对它不屑一顾

你哼着轻快的歌子
我就用走调的口哨伴奏
可又总是不合拍
让你失笑

我踢响路旁一只空桶
然后，把自己吓跑
逃到巷口的小铺前停下喘气
我靠着门板
你偎着我

远处，小贩的吆喝与梆子声隐约
叫人忆起失去的什么
你忽然用冰凉的手捂住我的双颊
使我和巷子都打了个寒颤
我抓住你的手
按在身边一只灭掉的泥炉子上
用余温暖热它

多想让圆号停止吹奏
让你找不到归去的路

而你终于归去，越走越远
如最后一个飘渺的音符，回到
月亮里
被云遮住

如今你在哪里，我不知道
我却被掌声和人流推出剧院
在台阶下独自站立，忘记离开

明天我就到卖录音磁带的商店
我要这支吹奏曲

一部小说的完成

火车抽着烟斗
不断地修改一部繁杂的小说
在每一个小站停下
匆匆忙忙地
删除那些多余的章节
又迅速离去

我属于多余的章节里
一个多余的逗号
只能在这个站台和你握别
对你说声再会
但没有必要再会
对于你，这站台不过是
一张报废的稿笺

你是所有的篇幅中
最动人的一章
反复的修改
只为增添你的魅力和光彩
火车会带你到达终点
你将在读者的注目礼中
骄傲地走出车站
成为小说迷人的标题
向那座城市发表
引起轰动

信

邮递员从我身边走过
没有交给我一封印花边的信
我知道那封写着我名字的信
下一班邮车就会捎来

邮车迟迟没有开动
停在一个打盹的信箱旁
信箱久久没有开启
等待那个寄信的人

呵，世界总是这样美丽
有一条细细长长的路
通向一座城市
有一辆忠实的邮车
守着一个空空的信箱
有一个人揣着一封给我的信
许多年许多年
一直没有发出

无标题之夜

而今只是 D 大调的月亮挂在天际
这就够了

足够我们在这海底世界当一整夜的游鱼
这的确是海底，我们潜游着
四周和头顶都是音乐
透明并且流畅，只是无声
本来在音乐海的最底层
是听不见浪潮声的
只是还有点儿冷
当然，冷是必要的

原野已经沉沦
村庄横卧在牧神的长笛里
我们在那些曾是庄稼的水草中穿来穿去
我们喝着音乐，倾吐着音乐
那些水银色的音乐里
就冒着一串串的气泡儿

城市是岸，或许是岛
在远方举着灯塔
为一些挣扎在音乐中的精灵导航
只有月亮漂在自己的波上
它是指挥
正鼓动海面上一场美妙的小风暴
我们是深水鱼，无法浮起来
我们只是两个人
我和你
这就够了

不知今夜海中有没有渔夫
可肯撒一张大网
将无标题的我们拉起
否则我们只有淹死了
听说过没有
鱼也能淹死
如果这位翩翩的月亮不打算谢幕
这无声的音乐不打算退潮
虽然我们宁愿做鱼

双人舞

我的猎枪已锈蚀
无法将一支钢琴曲
从树上击落
再看着工蚁将它抬进磨坊

天色已很晚
时针指向北斗
你摆弄着膝上
跳动的蓝色火苗
隔着生命之云
那火苗曾在宇宙深处
将我的欲望灼伤

一只狼藏进洞穴
雪橇私奔在十四行诗里
你的长发从山崖垂下
兆示一种堕落的美

我为春天拉上帘子
把用纸剪出的声音
贴满房间
然后背叛所有的道路
树干上刻着陌生的头像
你的眼中应该斟满爱情

在安葬风暴的地方
太阳的黑奴
为我闪开一条门缝
我要到生活以外去走走
带着狗和痛苦

明天

明天很好
明天在日历之外
有一只鸟在众鸟之外
金蝉在蝉蜕之外（也不在树上）
有两颗心插上羽毛，而且
在我们之外

明天是一条河
在水的形式之外
明天是一个季节
在所有的季节之外
明天是一种温度
在摄氏和华氏之外
明天是一种幻想
在一切幻想之外

是的，明天
明天没有神
只有两张羽毛帆在那条河里漂着
河在那个季节里流着
季节被那种温度统治着
为那样的幻想而存在着
至少，在今天之外

明天真好
我们在明天之内
明天在世界之外 之外

古时的太阳

我曾相信
你的眼睛就是古时的太阳，望着我
典雅但无情。据说古代没有白昼
太阳是寒冷的
从很深的地方升起
飘来飘去如一只忧伤的萤

我曾相信，古时的太阳是一支挽歌
冻死猎人和热恋他的牝鹿之后
壮丽地升起在夜空
照耀一切爱的传闻

我曾相信，岁月可以使痛苦凝成水晶
如你的心脏，在失望中
默默把目光分为七色
而我就是猎人和牝鹿的后代

我曾相信
火焰即使碎裂成冰粒仍能够燃烧
我转身离去，却被你一滴滚落的热泪裹住
来世，你捧起这块琥珀
轻轻地说
这就是古时的太阳

卷四 南方

NANFANG

1985 年，海洋诗会，去万山群岛的船上

山中

牧童甩响了细长的鞭子
打着赤脚奔跑
追赶失散了的牛犊
在山路上留下一串
弯弯曲曲的日子

日子吮吸着多事的雨水
从泥土中长出嫩芽
牵住讨路的风的衣角
飞满了所有的山坡

一头青牛走来闲卧
慢慢地咀嚼碧绿的岁月
岁月在牛嘴里发出响声
轻轻呼唤牧牛的青年
那个青年坐在磨亮的石头上
眼睛流露出越来越多的故事

山坡背面的林子里
未曾露面的姑娘
像无人知晓的幼树
她唱一首没有听到过的山歌
歌声跌落在溪水
不知名的溪水
托着一片打旋的树叶
流下山涧，带着
大山的传说

牛耕地种下的
牛驮着回去了
山路上，日子覆盖了日子
痴情的太阳停在山坡上
太阳里走着两个模糊的人影

太阳和人影
落到山那边去了

林子里有一棵粗大的树桩
在山中，悄悄老去的
是松树的年轮

往事

月光黯淡下去的时候
往事
慢慢地爬上窗棂
在玻璃上划出一道
曲折的裂纹，连着远方
一条模糊的路
蜿蜒而又蜿蜒
终于开始分岔
交错着织成
细密的叶脉
夹在
一本翻不动的书里

樵夫石

一个挑柴的汉子
站在山脊上张望
岩壁的老藤和林中的粗枝上
　　悬挂着他的童年
　　和他父亲的一生
而他祖父年轻时打响的
一声尖厉的唿哨
　　可还在山谷回荡
不然那群野鸽子为什么惊飞
莫非云空下盘旋着一只苍鹰

他看这山像一只
　　封着口的坛子
里面蕴藏着贵重的珠宝
还是千年的醇酒
　　如果它是一个人
　　谁又能保证
它没有一颗激跳的心
当一片流云遮住大山
裸露的肩膀，是谁家的姑娘
在默默为它缝补磨破的衣衫

夜晚的梦失落在哪一道山沟
山野的流萤在把什么寻找
那一把劈山的神斧
　　埋在何处的石头下
衰老的石头总这样苦苦思索
它们在等待一个怎样的时刻
　　等待月亮的银屑
　　一层层剥落
　　等待洞中的水珠，慢慢
　　滴成一根石柱

杂草和苔藓
从谷底悄悄爬上了山脊
　　山脊上站着一个挑柴的汉子
　　他带着他的心事向远处张望
目光点燃了
　一片热情的枫林

在山上

我的思绪缠绕着山谷的臂膀
生命走上旅程
从一个梦境到另一个梦境
谁能告诉我
它怎样逾越千年，跨过了
两个危岩之间那一根朽木

骨节发出声响
脚步明快的节奏，拍打着
远处的山麓和原野
让紫杜鹃在沉思中
开放又凋谢
狼的利齿被轻轻震落

不要站下来倾听
四周静悄悄，只有风在传递
树和树的低语
在山谷深处，丛林遮住的地方
两条年轻的小径胆怯地接吻
我的爱像花种
撒在路旁，等待
一场微雨飘来

多么想吹亮口哨呵
让不连贯的音符像孢子
固执地飞向永久
不安和烦躁已经化作沉闷的雷鸣
从眉心滑向洼地
在倒伏的植物下
寻找风暴的根源

呵，我要把心搭在
一棵扳弯的青竹上
射出一支快箭
穿透凝固的时间的厚壁
看着山脉从愚昧的腐土下
裸露出
铁矿和煤层
用我的拳头，敲击
黑色的灵魂和肌肉

在山上，我弯腰拾起
红莓果成熟的思想
空气中流淌着轻松的马铃
　　到了夜晚，那声音更幽远
　　到了夜晚，那声音更幽远

思念

思念大山
思念化成雾气的年月
思念透明的山的韵律
那山的韵律
是怎样清脆地顺着深沟流下
捕捉我们
躲在岩缝里的乳名
我们的胳膊粗过了小树
已不再理会
身后歪斜的影子
山楂果的苦涩也被记忆淡忘
　　当我们在迷途上奔走的时候
　　当我们用火把召唤星空的时候

思念大山
思念雪地上最后一个脚印
思念被风筝牵走的童贞
童贞发出的带花纹的笑
永远印在奇异的蘑菇上
我们敲响沉闷的山石
盼望出现未曾见过的魔影
从什么时候起
带刺的灌木不再扎痛我们的手
我们用不着坐在竹棚里
惧怕一只小狼怯懦的眼睛
　　而那无虑的天真遗失在山谷里了
　　而那稚气的欢乐抛置在山坡下了

思念大山
思念编织着神话的叶脉
思念弥漫在山林间的黎明
我们伏在草丛
隔着紫色的气波
窥视一个少妇汲水的身姿
让那脸上的霞光缭乱了双眼
在野石榴的羞涩里
心开始慌乱，发出成熟的响声
我们走到了山路尽头
第一次展望山以外的世界
　　但插进石壁的猎叉为何呜咽呢
　　但挂在树梢的布衫为何飘动呢

呵，思念
流溢着酒香的思念
　　你蒸发在野性的阳光里吧
　　你融化在粗犷的急雨里吧
我的山中的伙伴们呵
我的永不消散的山中岁月呵

童年

六岁的我跟五岁的我谈话的地方
至今蜻蜓和金龟子
仍然时常飞到那里去
五岁时我莫名其妙地爱着
上个世纪的一位公主
一到六岁我就把兔子还给月亮

世界真美
太阳是大家的门房

二十八岁时我背弃了五岁的诺言
跟本世纪一位不是公主的女子结婚
坚忍的沉默不语的男人呵
扛着失败和成功的岁月站起来
在童年的藤蔓上早熟以后
我们便为叛变天真与单纯而活着

只要地球是圆的
在世界的大街上前行
就会有这一天
六十六岁的我将和六岁的我重逢
而太阳永是大家的门房
今天早晨，三十三岁的我走过它
斜眼看它，照例招呼它
竟发现它仍是我三岁时
用蜡笔涂就的那一颗
浓艳、笨拙
潦草但有力
是它重重地叩醒
一个男人最初的感情

春天

婴儿清脆的啼哭
就是你最初的雷
那抖动的眼帘猛然睁开
用灵魂的电光
射出两颗晶亮透明的生命
去击溃冰山
创造
江和海

你已健壮地奔跑
谁还敢指着梦境说
这是你的摇篮

就这样，寒冷和死寂
在你的追赶中
从城市和原野
退缩到老者的头顶
筑成最后的雪峰
而青年们的黑发燃烧着
扑向天涯
那正是你的
不可抗拒的意志

我的心带着另一颗心
从远方飞回
站在返青的树枝上
对着我的胸膛歌唱
诉说
浪涛，沙滩
渔帆和网。还有
海滨小城的笑语

茂密的蕉林也被热风煽动
开始漫长的旅行
迈着整齐的步伐离开海岸
走过我的头顶
让南国的步履声
从高空
带着太阳的体温降下
把圆舞曲的旋律
洒向泥土
大地将会长出
许多嫩绿的手臂和鲜红的嘴唇
随着三拍子的节奏
和你拥抱
狂吻

在秋天

在秋天
好多事情都已随风离去
剩下的也埋进了泥土
等待明年重新长出

弄不清那小路为何躲躲闪闪
躲躲闪闪一直奔向山背
去那里究竟又能找回些什么

只有桂子还不断喷吐香气
无聊地涂抹山野
企图覆盖掉夏日的痕迹
其实夏日早已茫然无存

从谁的叹息中
细雨绵绵而至，静悄悄
顺着树干流下
灌满了蚁巢
使小小的安分守己的王国
陷入一片惊惶

而我们依旧前来。管它
风也罢，雨也罢
依旧走进秃了的树林
停下
让花伞长成蘑菇
在秋天

一条路

往昔的时光还在
在我身后的一条路上
是一些飞来飞去的蜂群
一条路，弯弯通向母亲的眠曲
雨中雾中，路那一端被母亲的嘴唇含着
是爱是恨在她嘴里

一条路，跟在我身后
只能回首去看
踮起脚尖眺望
却不能去走。那条路上
脚印已经成林，浓密又幽深
回身走去我将迷失
那些蜂群也会螫我

我只能向前
背向我的母亲，越走越远
直到听不见她的喊声的那一天
边走边种我自己
收获我自己
走不动的时候
就和路一同停下歇口气
一只大蜂房总是挂在我面前
金黄而且耀眼
我把它叫作未来
时常伸出双手去碰它
便有一群群蜜蜂飞过我头顶
飞向我身后的那条路

一条路，永远跟在我身后
几十年那样长，甚至将会更长
我想它或许就是我的影子
只有影子才永远跟定一个人

人不应该回身践踏自己的影子
——为了这条路
母亲告诉我这样一句话

成都郊外

成都郊外，郊外的路
郊外路上的夜
围墙后面
夜中的夜

贴近你，贴近柔软的
柔软到无的你
夜，讲华语的夜
你告诉我些什么
告诉我东半球世界当了隐士
塔吊正举着铁十字架
神秘地暗示梦和某些画家

但夜你最坦然。此刻，在郊外
你靠着我的肩，我靠着墙
墙靠着万有引力（否则一切都会飘散！）
只有我一个人享受
你的恋爱气温
和孕育音乐的干湿度
让我于一片寂静中
听表针喃喃地读表格
读生命耗损的具体数字一秒二秒三秒
听你说豪饮的月亮刚醒
醉洋洋的月光
依稀在背诵李白的一首五言短诗
在这一段路上

如果这时忽然停电
连街灯连星星一起熄灭（该有多好！）
那么《舒伯特小夜曲》便立即弥漫空间
我想在这一瞬
爱情会像骄傲的将军一样出现
像幽灵一样消失
去做潇洒的行吟诗人

可是隔着最后一遍鸡叫
太阳将要走来
夜要走去
西半球那些人在等黄昏
你终于说你要去做白昼做白天
做一个中国式的白天
然而我并不担心
在白天的任何时辰
我会随时闭上眼睛感受你的存在
如此时此刻此地
成都郊外

因此万有引力靠着墙
墙靠着我，我伴着夜
于沉静中等待
一次冒险的蓝色行动

启航

所谓启航
就是把生命交给海
就是信任浪和海风
也就是舱室的空间加上
航线的总长加上桅杆的高度
加上罗盘和总是摇摆的甲板
减去泥土以及跟棕榈树闹出的浪漫史
再乘以舵轮的若干次方

所谓启航
就是用浑圆的信念充填海
就是把身影和爱烙在海面
就是用信号灯和光来行吟
也就是每一柄闪电喜欢的气质
以及在一个个悬念之中
去证明先民所说的龙是真实的

所谓启航
就是去弄清岸的意义
并以生命解释海洋
在镀满琥珀光的沙滩上
所有的水手都会很快地枯萎
而启航
则使他们永生

南方

高高的槟榔树下
站着黝黑的南方

他咀嚼着鲜荔枝
眺望广阔的海
　　从渔夫的眼睛里看到了自己

那些眼睛是一幅幅图案
交织着港湾、村庄、田野
　　鱼群和珊瑚岛
漂浮在启明星消失的地方
那里，标灯和燃烧的烟幕闪烁
船只拖着沉重的渔网
牵动
落在水面的朝霞

螺号总在这时候吹响
和着马达声汇入天际的雷
烟缕从陆地升起，寻找浓黑的云层
让夏季随同暴雨一起到来
猛烈冲刷甲板和芭蕉
于是，在高胡与扬琴的音乐中
　　透明的蒸汽像浪一样波动
海面或者空中
　　出现了楼阁，山脉
神话一般缥缈
使外乡人如醉
　　如痴
　　仿佛步入仙境

也许是这诱惑了太阳
当南方抱着吉他弹奏
潇洒的阳光
就在棕榈和葵扇叶上
　　跳起绿色的桑巴
把欢乐的情绪传染给花伞和斗笠
直到椰子树的歌声
被轻快的风卷走
在姑娘的面颊印上一个
　　浅棕色的
属于南方的笑涡

而轧满车辙的道路
就在健壮的胸脯
　　和结实的臂膀上诞生
从乡间穿过城市

谁也说不出
甘蔗林和香蕉林
谈吐着怎样的情话
菠萝什么时候长出了嫉妒的刺
　　只有南方知道
所以，榕树总是用胡须驱赶
那些讨厌的微醉的男人
　　把酒味、烟草味
　　　红茶的浓香
　　　连同恋人的秘密
一起揉进了南方灼热而又湿润的鼻息
这鼻息形成风
　　从陆地吹向海
　　从海吹向陆地

为此，海潮便喧哗着
一次又一次冲击堤岸
　　将这一切凿上礁石
成为永久的
　　南方的
故事

还有什么比这些更能充实
　　傍晚和夜
当帆桅挑起了嫦娥与桂树
　　嚼着荔枝的南方
　　渔夫眼睛里的南方
　　弹着吉他的南方
就会带着礁石上的故事
顺着沙滩上的脚迹
走进一个熟睡的孩子的梦境
　　坐在光滑的贝壳上
想象北方的模样
想象雪花的颜色

黝黑的南方肩头
站着高高的槟榔
像一个挺秀而又羞涩的少女
永远
也不出嫁

玛瑙湾的水手

要么驾船到鲨鱼齿缝里穿行
要么就来玛瑙湾抛锚
今天是占领日
在如歌的玛瑙湾
我们就用晚霞微笑

我们的跑调儿的手风琴
狠劲地嘬着玛瑙湾
我们的类似极光的笑声
整个儿统治着玛瑙湾
我们是一群海上的精灵
刚从海上来
还要回海上去
今天是占领日
玛瑙湾，给我们来点儿够意思的

我们刚从台风圈里逃出来
我们很累
我们刚从暗礁丛里挣出来
在陆上
一种光晕兆示雨
一种光晕兆示风
我们水手的灵感兆示暗礁你信不信

今天没有时间
谁也别去看船钟那张玻璃脸
我们不在乎时间
玛瑙湾，叫那些海螺为我们吹吹
叫几只海虾爬上岸为我们跳跳
叫海龟驮上礁石为我们立座碑
刻上“某年某月某日我等在此抛锚”
这就够了

据说有一串群岛在远处盯我们的梢
让它们盯着好了
拿啤酒来，我们要在玛瑙湾烧海蟹吃
让它们盯着好了

今天是占领日
我们倚着玛瑙湾
我们枕着玛瑙湾
我们打算灌醉玛瑙湾
我们不在乎时间

我们的马达在海上举行过一次流产罢工
那时候，我们曾通过第六感官跟玛瑙湾说话
那时候，距右舷三公尺处
确实出现过迷人的死亡
（此时有人听见，天琴响了）
去她的吧，死亡
这旧日的相好
若是在玛瑙湾，或许还会重新爱上她
在海上我们却对她做鬼脸，我们说
去你的吧

我们还有几张海啸录制的密纹唱片
拿出来给玛瑙湾放放
我们还有一只海蛇皮蒙的手鼓
拿出来给玛瑙湾敲敲
以及海虎绒的水手帽
给玛瑙湾戴上
以及珊瑚石的项链
套在玛瑙湾的槟榔脖子上
让我们的水手刀也吹吹牛

今天是占领日
我们倚着玛瑙湾
我们枕着玛瑙湾
没有航标灯跟我们挤眼睛
水手靴总抱怨海水不如鞋油新鲜
这下好了，围着玛瑙湾踩许多脚印吧
我们是一群海上的精灵
只有脚印属于海市蜃楼的玛瑙湾
今天是占领日
如歌的我们不在乎时间
玛瑙湾，你这女巫，的确很诱人
我们不在乎如歌的时间

明天一早
太阳就伸出鹰爪来摄我们的魂
我们将回到海上去
作为水手，我们一致公认
最有魅力最为不朽的
仍然是玛瑙湾以外的海风

那太阳

是那太阳
就是那颗足赤的太阳
每天重重地掷给我们
十四 K 的二十四 K 金的光
让我们的亚洲皮肤涂抹它
一遍遍地涂黑涂成非洲
涂成黑黑的黑非洲呵水手

非洲不非洲的
就是那颗叫人目眩的太阳
敲一敲很好听的太阳
诱我们到海上
哄我们到海上
到女人们都不去的地方
老煤块的水手去那儿点燃爱情呵太阳

是的，就是它，总是它
逮不着的金刺猬
那不倦地歌颂我们的
钟声的太阳
宇宙间无敌的好剑客
刺穿了所有的云层之后
一眼就把我们看得很透的太阳

铜海盗，铁海盗
眯起左眼，它在右眼
眯起右眼，它在左眼
睁开双眼，那天早上
把我们从老妈妈身边掠走的
就是那太阳

认准它，爱上它
这一颗血气方刚的太阳
追逐它，跟定它
十足的贵族气派的太阳
在温带的锚地搂我们吻我们啃我们
亲哥们一样的太阳
在热带海给了我们一顿老拳的太阳
烤红我们的甲板
让我们乐得直跳的太阳
蒙我们，骗我们，但从不抛弃我们
我们则起哄，骂它，却永不背叛它
我们的航海家的太阳

地球在海水以下
月亮不知去向
没有星比太阳离我们更近
懒洋洋的港口不可见
姑娘们已成雕像
我们酷爱太阳以及女人
我们想家又不想家
恋海又不恋海
太阳为我们而不老
我们为了那太阳
缺水，缺维 B，烂嘴角
我们的嘴唇渴望
触及水和异性
和那种金属质的光

那太阳
随时可以满足我们的
只能是光是光永远是光
仅仅为了这东西
我们便暴躁，便温柔
我们变化无常并被人叫作水手

在我们头顶，那太阳
我们生前就已著名的太阳
我们死后仍将著名的太阳
是它提炼了我们全部的感情
并铸造它自己
所以，我们的脚下应该拥有海
我们则应该为那太阳
永久漂流

海边

多太阳的季节
海洋已很蓝
一些水手躺在甲板上晒盐
酒精使雄性的血液在体内骚动
灵魂爬出毛孔
站在水手赤裸的胸脯上歌唱

那胸脯一如辽阔的海滩
盖满海妖的唇印如同浅浅的足迹
那肩膀和双臂伸展
形成坚实的海岸
男人的气味熏醉爱神
椰树和蔗林在肌肉上疯狂地舞蹈

夜晚来临
船队抛锚在水手的臂弯
浓密的髭须里闪烁着星光
女人在腮边的草路上迷失
水手的呼吸使女人潮湿而多情

他们的嗓音让海风粗哑
他们的鼾声让海洋不能安睡
月亮飞落在船舷
脱下翅膀跳到海中沐浴
有人拔下一管羽毛来写诗
每个水手把每段往事都扔进海洋

忽然海洋咆哮起来
摇撼他们
抽打他们
抛掷他们
每一头浪吞没他们
再吐出他们
那些水手就这样
一次又一次重新诞生

卷五　树的脸

SHU DE LIAN

1986 年，在高原

小调

哦，我们唱吧
我们各占盲诗人的一只眼睛过夜
谁也看不清谁的脸

我们唱吧
雨还未落下，衣裳就已湿透
我们努力回想明天发生的那件事

我们唱吧
湖中的少女变成天鹅以后
大提琴就在乐池的一角死去

我们唱吧
我在你的脸上突然找到自己的微笑
左手和右手争戴一只金戒指

我们唱吧
我曾掀掉那年第四个春季的假发
你嵌在画框里也照样衰老

哦，我们唱吧
嘴唇刚刚张开，歌儿已经结束
歌儿结束以后，是谁还在唱着

夜

一缕袅袅的暮色燃尽
夜醒来
塑造一种宁静的美
又让远处的汽锤敲击这种美
夜醒来
神游小提琴的 A 弦
巡逻在钟表的城池内
（忠实的三剑客
一秒一秒地踏步守城）

迟归者速归
梦的门牌号码将重新更换
不要回首
身后的影子已悄悄溜掉

现在把所有的阳台改成月台
派遣月光刺探情人的呓语
（美妙的室内乐，刚刚开始演奏）
打开红灯
停驶一切车辆
让幻觉通行
向东、向西、向南、向北
四周皆是安全的睡眠地带

零点
一颗流星准时下凡
从柏油大街驶过
尔后消失在这幢楼与那幢楼之间

夜登上楼顶花园
并开始欣赏自己

影子

带着影子走路
是件挺讨厌的事
尤其讨厌它的装模作样

在朗朗的晴空下
影子为了证明你的存在而存在
黑乎乎的扁扁的玩艺儿
纯粹是为了丑化你

有时变得很短
有时变得很粗
教你一看便要伤心地想
我怎么会是这份形象

你踢开路上的石头
它则认为没有必要
因它一直躺在地上
无所谓摔倒

你吃东西时
它也吃那东西的影子
其实它不吃也不饿
而你却不行

你跟别人谈话
影子也互相交谈
鬼知道它们谈些什么

当你忧愁，它假装忧愁
使你看着它更为忧愁
当你快乐，它便手舞足蹈
纯属小人乘君子之器

夜半在路灯下行走
它就制造种种恐怖
你却不能责怪它
因影子的确是无心的

直到死后别人来抬你
它也要让别人的影子抬它
你那时将忍不住痛骂
真可恨！死了还要装模作样

你将一生带着这大尾巴走路
以此证明自己的存在
或以自己去证明影子的存在

好在带着影子走路并不费力
况且这东西人人皆有一条
亦不足为奇

我和那人

把酷似我的那个人出卖给镜子
把镜子当作一间囚室
典狱长似的在外面踱来踱去
带着很复杂的表情去看他
希望他苍白，连续咳嗽
皱着眉看他在里面轻松地笑
被他的沉默激怒
忽然发现他竟是自由的
伸手推那镜子却推不动
原来他是看守
我是被囚在镜外的人

必须暴动，对着镜子呵气
使玻璃迅速融化
冲过镜框跟那人决斗
干掉自己形体的复制品
确信再无人冷笑之后
突然有几分消灭自身的快感

接着朝世界的反向挺进
越过边缘地带，走入一幢房子
室内空荡荡，没有镜子可粉碎
我已隐身，谁也不能觉察
此时星斗满天
我在无墙处坐下
蜡烛暗下去，月亮升起来
突然 看见 那人
把脸扁扁地贴在窗外
瞪大一只眼睛瞄我

那人即是我
我是被他干掉的复制品

归

在很多个世纪里
每当有月光和没月光的深夜
我从世界上回家
一条狗便在身后追逐着我

我必须上楼
这是去天堂的姿势
我就用这样的姿势
从世界上回家

所有的门都是相似的
所有的门都为我关闭
所有的眼睛都透过门镜窥视着我
当我伸手
所有的门就齐声问道：谁

谁
这是令我惧怕的词汇
在很多个世纪
我就被这一句问话烙伤
我蜷缩在衣裳和鞋里
匆匆逃下楼去
脚步声不断重复着
谁 谁 谁

那条狗伏卧在深夜的角落
其实不是狗，只是我的身影
当我奔向它时
它懒懒地抬起头来
低声问道：谁

我轰然坐在最后一阶楼梯上
仿佛一个上帝
坐在他统治的星球

这就是下午

乘坐爱的波音逃离远古之恋
我们必定失事在陌生的目光中
引爆的则是一段轶闻
这就是下午

他们在大街的另一岸喊我
恍若隔世，我横穿马路
被两辆对驶的汽车夹在中间
只这一瞬
我已在街心立成铜像

有凤来仪，栖在法国梧桐树枝
一些人卸下沉重的思想打盹
另一些人剥着身上的龙鳞
咖啡厅的招牌上
雀儿筑雀巢，麦氏种麦子

郊区三十公里处
夏季的君主率部挺进
头戴狗尾草编织的王冠
他将下令与办公楼内的风车激战
今年省略了春天

我则躲入公园里憋诗
迎面坐着一头男人和一尾女人
他们对牛弹吉他
志在高山流水
我于是遥想梦是茶色的

我于是走进商店的旋转门
旋进 旋出 旋进
好像我是每一个人
我于是再遥想梦不是茶色的

站在玻璃电话亭拨命运的号码
咨询一点儿常识性问题
对方很忙，耳机里有人吹笛子
挂断后退币口没有掉出些什么
我于是又遥想梦竟然是茶色的

楼顶的大钟就是图腾
时间状若魔鞋
使所有的脚疯狂地跳起来
我被夹扁在一本书里
如一只蝶形书签

某处
那孩子躺在牛耳里倾听整个世界
这就是下午

木盒子石盒子

人到那时
被神圣的火焰炼过 之后
就该悄悄地住入这一方精巧的盒子
纷纷扬扬
人呵多完美的雪花形体
轻盈又潇洒
飘呀 飘 飘了进来
这盒子 积满厚厚的一层雪
再也不踏上一个脚印

这场雪纯粹为自己的一生而落
人活着时看这小小的容器
可笑又可怕
曾经杀死树
用树的骨头雕这盒子
曾经杀死岩石
用岩石的骨头凿这盒子
究竟人的骨头也住了进来
从此骨头厮守着骨头
人骨是土
这一抔静土单纯又复杂

它仍在想
火焰中那一股青烟带去了什么
十六岁时黑过的头发
何在　三十二岁时依然不灭的幻想
何在　六十四岁时仍不苍老的记忆
何在　而灵魂是不会逃遁的
和骨头一起留下
宝石蓝的爱情忠贞而坚
铁黑的意志沉重而硬
银白的思想尖锐而不锈
性格深嵌在骨缝
血红的血灰紫以后又被火火红
血吱吱地叫着
那圣火　冷冷地焚烧一切
炼就这骨质的热土而不是砖
复杂又单纯　仍然固执地活着
人骨呵若果真是土
那就让树骨石骨在土上抽芽

木盒子石盒子
多少年以后在这里定居
守着它守着 儿时童话里一座小屋
好安静 外面吵得很
没有谁再来敲门
太寂寞也不开望风景的窗
孩子呵无法叫应这里的父母
父母的血早已给孩子的血断奶
听不见那年轻的血 是怎样
粗壮地 流
只是恍惚被一双手捧着
送回去吧 送到摇篮中去
返朴归真的婴儿
黑幽幽 四四方方夜王国的领土
应在辽阔的土地之下
儿女一样被紧紧地搂抱
深埋如原煤
有感情的骨殖永唱一曲无声的歌
长眠和瞑思是一回事
可以回首初恋 热恋 最后的苦恋
可以倾听地下河水哗哗地流淌
涨潮 落潮
那该是地面上有 大雨小雨
有来来往往的花伞黑伞
之后日光重重地掼下来
引起一阵撩人的轻微地震

呵　人到那时
不会再惧怕所谓死亡
其实死神的军队早已撤离
灵魂是自由的
这顽皮赤裸的大孩子
常常机灵地攀住
厚土下的树根草根　爬呀爬
从草叶上探出身子
透过露珠的放大镜
看它熟悉的世界
或被在世上认真走路的铁鞋子
踏一下　再踏一下
乒乒砰砰
呵是谁在敲门
这些安静或不安静的
木盒子石盒子

树的脸

你见过树的脸吗
在春季和夏季
你走到这些独脚站立的巨人眼前
被它散发着天体气息的呼吸迷惑
吻着转瞬即逝的爱人
悬吊的小毛虫像诱饵垂下在你腮边
你抬头仰视
树用每条手臂支撑着一颗神秘的头颅
笼罩着你的是它思索的阴影
整个宇宙隐藏在它浓密的毛发里
那是无数绿色的面具
鸟儿就躲在后面
模仿着上帝的语言
歌声似的转述树的思想
飞翔或被囚禁
走出树的阴影或被它统治
在正式选择之前
在晕眩的时刻
在那些绿色面具的随意开合中
透过微小的缝隙
在逼视你的星辰被抹去前的一瞬
你见过树的脸吗

当秋季来临
树叶飘零，不再掩饰一种神秘
你独自走到树下
你相信已看见了树的脸吗
当宇宙灿然展示在树杈之上
像成熟的思想一样深远
如同巨梦摆脱头颅这小小的容器
已被日月之光抛弃的
就是树的脸吗
风从树梢掠过，颂诗般滚滚不绝
即使在这逐渐死亡的季节里
它仍是生命最有力最自由的呼吸
难道在斑驳的枝干之间
避开一切模式深深隐藏起来
以无形获得不朽
以无形作为清晰的呈现
从无形中傲然将你注视的
就是树的脸吗

鸟儿已经消失
飞翔和囚禁都失去意义
语言和寂静都失去意义
甚至树干也失去意义
你站着，冬季悄然而至
在没有浓荫的雪地中
人啊，你只要迈出一步
必将陷入困惑
抬起头来，环视四野
从世界的每一处
那咄咄逼人的
把你震慑，使你发抖
让你匍匐膜拜的，就是树的脸
给你一千次的选择
你也只能选择永远站在树下
直到变成一棵树

在变成一棵树之前
告诉我
你见过树的脸吗

声音

在没有回声的世界
梦被扔出窗口之后
就如一只失踪的猫
再也不见归来

电梯停驶的时候
便没有了上升和堕落的声音
灵魂比较安详
对着每一具睡去的身躯喃喃自语

那天我看见一个少妇
雕像般站在十字路口
她把笑声斜插在发间
一枝笑声，古铜色的
插在一座雕像头顶
泪珠便从眼眶里锈落到地上

有段时间贵族中时髦打喷嚏
这奇怪的声音
使人想起春天，鼻烟
和古代美人的呻吟

呵春天
雷声卧在软软的云里
犹似武士枕着女人的臂弯
懒洋洋的
再没有什么事情可做

雨只管哗哗地落着
下完了事
在湖泊和蓄水池里
顶多只能淹死自己的哭泣
和太阳的倒影

箭镞纷纷飞来
从情侣的热吻间穿过
而弓声已在数百年前死去
并不知道
箭羽可以种植在情感上，生出浓荫
爱情的声音盘绕在枝头
圆瞪草蛇的眼睛

早晨，有人站在对面的阳台
揪住头发呼喊一个新鲜的名字
在头发以下
我听到了智慧生长的声音
这是痛苦的声音
如同玻璃被飞石击碎
裂缝里摩擦着的
一种咬牙切齿的痛苦

更悲哀的
是一把吉他流浪在窗外，喑哑着
因为琴师不知道
怎样可以使吉他怀孕

怀孕？这是钢铁的事情
那些五官混沌的声音
每天都在大街上繁殖
寄生虫一样
隐藏在城市的皱纹里

一支田园曲从牧笛中伸出手来
要我签字
我默默签上一位逝者的姓名
那是最安静的姓名，没有声音

我想起那人，就会想起
铁锚，港口和岛，和
从前水手们躺在鲨鱼嘴里
倾听肢体被鱼齿嚼碎的声音时
所感受的快乐
以及被太阳热恋着的快乐

如果太阳仍然大胆地爱着我
我就敢用呼啸的喊声
使太阳怀孕
为我生下一个真正叫作声音的孩子

这将是最壮丽的声音
有如一颗星与地球撞击发出的轰鸣
那样沉重，那样纯，那样原始
那样惊心动魄

其实我们都很愚蠢
我们枕着休眠火山听它的呓语
以为那就是音乐
产生着幻觉
产生着错觉
爱着，憎恨着，谩骂着
我们不知道它醒时要说些什么

宇航员突然自星际归来
外星人一样对着世界宣告
地球很安静，在太空
听不见这里有任何声音

是的，我们也听不见
因为所有的耳朵都在横穿马路时
被汽车轧死

卷六 东方之月

DONGFANG ZHI YUE

1986 年，在都江堰

芦苇呵，秋天来了

芦苇呵，秋天来了

雾使青铜时代离苇梢更加远了
在淡淡的桨声里
用一片苇叶
把孩子们载到民歌里去吧

哲人收获了许多警句之后
已经开始冥思，黎明时
一支小号代替苇管
向秋云的深处辽阔
农人们，仍旧让驴子驮上村庄
走入细颈的酒壶里去吧

梦在边远的客栈里寻找做过它的人
月在湖面上寻找从前的光
苇丛呀，初雪降临之前告别笙的幻觉
迁徙到辉煌的壁画里去吧
秋之弓
射出一行大雁
芦苇的魂去了

秋天呵，芦苇的魂去了

秋天纪事

有一只镰在收割太阳的光束
有一种颜色渐渐开始流行
有人说秋天是黄皮肤的，属于亚洲种族
他的子孙此时正在欧洲和美洲留学
并且都爱在夜里吹一支洞箫
隔窗就能听见那箫声

不管怎么说
银河的水位是降低了

有一个女子不知为何在一颗星上叹息
她寂寞得令人羡慕
好些人都闻到了
她的叹息有一股淡淡的桂花味儿
而另一些女人啄着美丽的翅膀
要飞到南方的丈夫那里去
她们一字形飞走时的叫声
使北方的灵魂微微震颤

当然孩子们是都哭了

昨天谁在红叶上写了一首情诗
放在水里也漂不出这个秋天
今天有只鹦鹉在远方学舌
我因此听到一种奇妙的秋天的回声
明天有位公主要坐着狗拉的雪橇来访
或许没有，或许顶多只收到几封六角形的信
夜晚总有一只手，摆弄空中那盘棋
偶尔也看见彗星骑士
骑着长尾巴的马四处流浪

牧牛的童子趴在河岸的卵石上睡了

世界很小，而且很玲珑
如果从一片草叶上滚下
那就肯定在一只赤狐背上粘着
红狐狸正追逐着一只圣鸟
至少在你的梦中
它该不会抖一抖身上的毛
它知不知道背上有一滴世界
世界上正闹着秋天，秋天很湿
弄湿了这样那样的一些事情

喂那牧牛的童子快醒醒
此刻秋在你的瞳仁里远行

石榴季

秋天仍然是石榴季
九月在石榴枝上沉沉地坠着
许多星都来到石榴树间聚会
秋天星是石榴星

宇宙风微微地吹着
有些星睡了
石榴树轻轻地摇着
有些星还在唱歌
九月星先是熟了后来就裂了
再往后便悄悄陨落

这是早熟的九月
砰然落地
撒出一片亮晶晶的种籽
那是些小小的透明的未来的九月
一些秋天的小妖精

歌声停止，梦幻曲停止
星辰的聚会已毕，众星散去
众星的仆人们降临
衔着九月的种籽飞去

奴仆们衔着宝石四处飞
奴仆们把小妖精藏在石缝里
嵌一粒种籽，长一株秋天
秋天用秋天的方式蔓延

秋天仍然是石榴季
所有的星辰都在石榴枝上沉沉地坠着
我因误食了一颗石榴籽
九月以后
便成为石榴园中唯一的看林人

在远方

——梦见我的祖先

在远方
一群汉子卧在浓密的胡须里
他们土质的皮肤裸露着
怪舒坦地被太阳的蜂刺蜇着
一群汉子卧在胡须里，在远方

在远方
女人全是菌子变成的，她们酿酒
柳枝儿从她们额前垂下来
不是柳枝垂下来，是女人从柳树上垂下来
菌子变的女人会酿酒，在远方

牛儿悠闲地反刍着岁月
在远方，一只大牛蝇嗡嗡地飞
男人们全都被酒腌制过
他们被卷在烟叶里点燃过
在远方，女人的呼吸使最硬的汉子风化

一只大牛蝇嗡嗡地飞
在远方，女人会做爱情馅的饼
一群汉子从胡须丛里站起来
他们在镰刀刃上跳起了强悍的赤脚舞
在远方，男人的心脏沉重地夯击大地

一颗远古的陨星在深深的湖底醒了
红嘴唇烙在每一个汉子的胸脯上，在远方
男人的力量席卷整片田野
他们浓烈的血的气息叫每一个女人醉倒
牛儿悠闲地反刍着岁月，在远方

女人的草裙覆盖了起伏的大地
强悍的男人们回到胡须里，在远方
汗水使泥土松软而肥沃
美丽的草裙变幻着晨光和暮色
一群汉子卧在长穗的胡须里，在远方

在远方
女人们用眼睛酿酒，用爱情做馅饼
男人土质的皮肤上寄生着四季
弄不清四季是哪四种颜色
弄不清那些人是什么颜色
在远方
一切都被浓密的胡须遮着
一颗陨星在湖底醒着

江河水

——听二胡独奏曲《江河水》

曾有一轮冷月呻吟在胡琴里
曾有一轮冷月病死在荒村

月死了，凄凉如水
顺着琴轴滔滔流下
流成了两条大河
流出五千年
吞没五千年
那是两根抽不尽的丝
抽不断五千年
唱遍五千年
痛哭五千年
一只手掩不住那哭声
一只手按不住那悲歌
那是两支无羽的箭
搭在一张长弓上射出去
穿透五千年
越过琴码
仍然是两条大河
泛滥在记忆中
汹涌着眼睛和眼睛
流过每一个中国人的面颊
流进无数张嘴
咽下时才知道
水里有太多的盐
这样的水是可以咆哮出海来的

海浪在翻滚
用心跳的速度撞击胸膛
终于 一双双手臂抬起
风暴在手掌间炸响

风暴是今天的风暴
响彻五千年
江 河 水

东方之月

东方之月，升起在东方
荡荡的银须飘下
落地生根
　　以江为乳
　　以山为土
一时间东方的神话全都开花
　　在水是莲
　　在陆是菊
皎皎的明月，在东方之树上高悬

东方之月，升起在东方
滚滚的月潮袭来
浪涛喧哗
　　以暮为源
　　以晨为岸
一时间东方的神秘腾空而起
　　云里是首
　　雾里是尾
皓皓的明月，吞吐在东方之龙的口中

骑梦而来
骑梦而去
东方之月是骑士
　　横骑灿烂
　　纵骑精神

风止而吟
风起而啸
东方之月，浑浑然，不染一尘
　　这赤裸的大魂
　　永是东方之魂

古国的春天

——读《诗经·国风》

纵然有二十四层的高楼
也抵挡不住
从历史的上游飘然而至的春意
想要把春天压缩在阳台的花盆里
这企图终归是愚蠢的

一夜之间
车前草竟然长到了
《诗经》的书脊上
推开落地窗，啊啊
十五国风吹我

推开窗户听出去
上古的歌人仍将四周的空气酿浓
采诗官摇响木铎
那步履声近得令人诧异
整整两千五百年呀
为何薄得只如一层轻绸

是太近了
如果在雨天
这城市可以和那时的渔夫
共披一件蓑衣

而隔着钢筋混凝土的厚壁
我也照样返青
我的姓氏已开满了白花
此时，我才深信
我们古国的春天
有着这样强大的穿透力

那是谁

昨天下午
在野外河边遇见的那女子是谁
身穿很薄的绸衫子
踏着冰块跳来跳去的那姑娘是谁
她被许多花簇拥着
那些花朵是谁
她被许多鸟托载着
那些鸟儿是谁
总而言之每年每年
从海腥味儿的东面
湿漉漉地随风而来，向西而去
打我身边一掠而过的二月是谁
每年二月都爱我一回的是谁

到底野外咯咯笑着的那女子是谁
在我的左颊或者右颊
偷偷嘬一下就跑的那姑娘是谁
倘若她跑进桃林
那片桃林是谁

我看着那桃林如听着一支歌
那支歌是谁
我听着那支歌如触及一条脉搏
呵那条脉搏是谁
一颗心在桃树根下的土层跳动
那颗心脏是谁
整片的桃林呼吸着春天
春天呵，春天是谁
抬起我的左腕子
在表盘上越跑越快的那家伙是谁
昨天下午那女子走后
在没有风车的河边独坐的是谁
沿着我的血管一直走
在上游的岸边徘徊的又是谁
最初斟给我大量 A 型血的是谁
雕塑我的亚洲形体的是谁
放逐我到东方的是谁

我乘一支快帆
顺着我的血液泻下
在昨天下午的那河岸登陆
根本没有什么女人
我用过的桃木手杖依然竖着、怒放着
二月的太阳在我对面
犹似一面铜质的古镜
映照我的东方脸庞
或者说，那镜子
被我的东方脸庞映照着
我正站在我的心脏之上

呵我是谁，我的心脏是谁
太阳，二月的太阳是谁

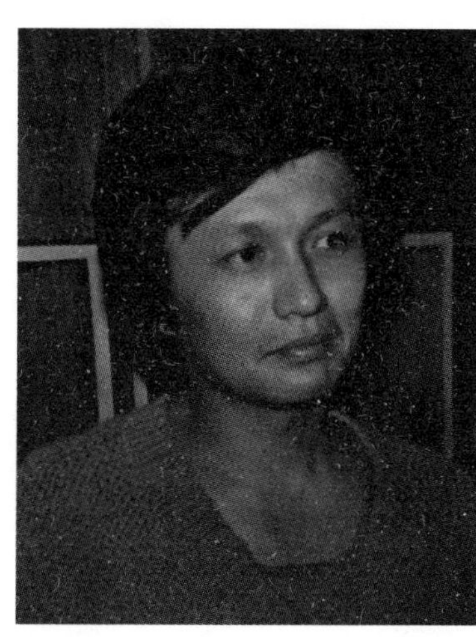

卷七 蓝水兵

LAN SHUIBING

1988年，在重庆，天天游泳，晒成黑人

四月送我来到海岸

四月送我来到海岸
然后整个四月盛起蓝蓝的海
然后整个世界漂浮在蓝蓝的海里

风神的男低音在前方深沉地唱着
（他放歌，他行吟）
泥之神在身后庄严地屹立着
（他谛听，他沉默）
太阳伙伴走过来了
海的使者飞过来了
潮涨着，在我的蓝披肩上

姓海洋的姓
站在舷坡站在舰桥上
我的军衣袖口泛起一层层海纹
戴着水兵帽
我原是一股海上旋风
一朵飘着流苏的霹雳云

狩猎在海洋丛林里
我的铁锚能钓起巨鳌和长蛟
我的军舰没有刀鞘，磨弯了月亮石
它是从不卷刃的

我是海盾，我是海之盾
为迁徙的海族部落护航
为跳入海中沐浴的星辰少女们护航
为所有去天河的船筏护航
直到精卫鸟填平了海面
四月繁衍成青蚕
那姑娘仙袂飘飘回来采桑

在水中

我大概是海浪未完成的雕塑
所以海魂衫便整日白一道蓝一道地裹着我
我干脆到高高的舰首去
像一枚鱼雷一下子射入水中
如果这时前方驶来一艘敌舰
那它可是活该被我炸沉

水下有一些神气十足的小怪物
探出石洞外朝我善意地舞钳子
我想我是一条中国龙
有最纯正的海洋血统

向蛙人致礼
跟海豚学点儿仿生学
随后我泛起在水面
躺在蓝宝石床上做深呼吸
太阳神他正漫步在我的头顶
便顺手在我的皮肤上谱写棕色乐曲

我的母亲在远方故乡的山岗
眯着眼睛寻找我
结果她只看到海中漂浮着
一个黑乎乎的岛子，上面还长着
几棵绿油油的橄榄树

老兵箴言录

学会在巨涛狂澜中走荡木吧
学会晕船，学会呕吐
让海魂衫上的海浪翻滚起来
撞你的胸膛，猛烈地撞你的胸膛
呕吐出所有的陆地吧
把一切岛屿都看作船
忘掉岸吧，忘掉岸
否则不是好水兵

凋谢你的蔷薇科的中学时代吧
挥手向带翅膀的信使们告别吧
到船头去，敞开出海服
让海水冲刷掉你的学生味儿
染蓝你，让海水蓝蓝地染蓝你
熟悉海浪，熟悉海风
熟悉舰长的海洋风暴脾气吧
否则不是好水兵

热爱海
让海藻缠满你的名字
让海蛎子爬满你的名字
热爱海
长出鳃来
长出鳞甲来
像一条鱼那样热爱海吧
否则不是好水兵

水兵日记

入秋的时候就想着该到舱里去
在笔记本上写点什么了
采了那么多的浪花来点缀
我的诗歌体的秋天，以至于
把本子都弄得潮乎乎的了

而且常常是写着写着
便有一艘货船或机帆船
拖着白色的尾线从格子上驶过
这样就把秋天划分成好些自然段
每个自然段，都刚好有一海里的航程
（在海上，是用海里来丈量季节的
 这已然成了水兵们的老规矩）

只是海鸥总爱零散地栖息在一两行句子上
或者追逐着飞到秋天的另一些段落里去
后来的秋天颜色渐渐深了
鸟儿们显得越发漂亮
简直成了翩翩的海上仙子了
海盐的成分很重
使得诗行中的感叹词漂浮起来
海鸥们便争相啄食
所以海鸥们也是很爱感叹的
（这些可爱的水鸟儿
大概从未想到过岸上的落叶是什么样子的吧）

重要的是
整个秋季我的军舰一直在唱着一支牧歌
风是温顺的，不停地抚摸海洋柔软的鬃毛
海狼偶尔才会出现
它只敢在云彩的雪山脚下惊惶地奔跑
向很远的天际逃遁
无论在白天
还是在老乌贼的墨夜
那些水族安详自在
徜徉在恬静的牧歌中
（这牧歌对于海狼来说
是一种金属风暴低沉的吼声
滚滚向前蔓延成秋天的雷鸣）

我们这些牧人，是喜欢纵横驰骋的
尤其喜欢在海军蓝的深秋里做浅蓝调子的幻想
日子一页页翻过
诗歌体的秋天没有结尾
溶化在海水里的秋天没有诗歌体的结尾
谁能够分辨一滴海水的成分
分辨出矿物质占几分之几，秋色占几分之几
水兵的幻想占几分之几呀谁也不能

有时军舰离岸很近
雾幔偏又贴着海面飘来
在本子上漫不经心地散步
把其中几页弄得模糊不清
我的军舰只好锚泊在那儿
所有的水兵就都跳到甲板上，使劲地
闻着那股颠神倒魂的泥土味儿

这时我特别想放下舢板
顺着潮势划到岸边去
我想站在厚实的土地上
用海神的口吻朗读每一行水兵日记
我不敢合上我的本子
我怕合上了海水会溢出来
打湿我的军服

这里是海

这里是海
　　沙沉下去
　　泥沉下去
　　石沉下去
钢铁之躯浮起来
血肉之躯浮起来
　　水在山之上
　　舰在水之上
　　我们在舰之上
　　抬头就是天空了

这里是海
　　崇拜风暴
　　风暴是唯一的图腾
风暴即梦
海之梦，舰之梦
水兵之梦

这里是海
航海用星，用南北极
我们在一片铁叶子上站着巡视大海
比岸更早地纵情呼吸
　　最纯粹的阳光

不过是一沾海水我们就成为水族了
如今岸上的岁月虽然还飞来追逐我们
不断地发出鸟声诱惑我们
虽然我们很珍视溅着泥点儿的军裤
把它叠好了压在枕下
并且禁不住舔湿
那些荔枝味儿的记忆
　　但我们更喜欢透过舷窗
　　用目光任意剪贴海天的云朵代替幻想
　　或是用经线和纬线织网
　　织成一张大网撒向广阔的海域

然而这里毕竟是海
死亡是海上不定期的潮汐
也许一排巨澜卷过
海战就突然从后面涌来
　　战神就在浪头上坐着
对于这骑墙派的战神
我们总是拥抱她
狠劲地用胡茬子扎她的脸
使她咯咯地笑出声来
虽然这是一种严峻的笑，冷酷的笑
随着笑声我们的血常是一朵一朵
绽开在钢板上
但我们也惯于在此时大笑，笑得更浓
并以浓笑掩盖自己的伤口
这里是海
　　怯懦的灵魂退化为海龟
　　缩进硬壳里沉下去
　　无畏的水兵浮起来

其实，许多没有战事的夜晚也都失眠
因此也都无梦
梦被我们噙在嘴里
　　梦即风暴
　　每个水兵的嘴都噙着风暴
这就使得我们的嗓音略显沙哑
不擅长放歌
如果确实需要歌唱
我们便以海浪代替手指
在夜晚
去抚响海岸线那张琴

这里是海
有岸的回声

中午

火辣辣的中午一个挨着一个
最后一个中午仍然是火辣辣的
我的影子浸在海里照例很咸
淡水在有土壤的地方哗哗淌着
岸哪，岸哪
我的海骆驼渴了

仙人掌不是海洋植物
找遍全舰也没有长青苔的角落
可惜背上生不出储水的驼峰
灼手的头盔下倒是分布着许多幻想湖
泛起树荫
泛起蔗林
纺织娘织着绿茵茵的中午

去那儿可以在湖边踩下一串水汪汪的脚印
裹在橄榄梦里
我是一枚小小的橄榄核
雨意骑在鹅背上飘近
风打着嗝儿，温漉漉的嗝儿

但我的海骆驼渴了
幻想湖水饮不了海骆驼

到底还是帆缆军士长几声干涩的口哨
奇迹般地从天际唤来了黑羊群
为我们慷慨地降下一场羊奶
不过这时我们也看见了
港口的灯塔和信号台了

夜航

甲板上列队之后，转过身来
黄昏的嘴唇已被槟榔染成紫红
这时的海浑然如
一首深情的《梅娘曲》
接着
中国夜
降临

一到夜间
我军帽上的小星星就要去参加星空合唱队
我便站在舰尾
猜测月亮是哪一条船的舷窗
天宇中，星辰编成古怪的队形
和我们等速度前进

旗舰开始跟自己的舰队互问晚安了
炮口与风筒
呜呜吹着催眠的号角。远处
双眼皮的岸合上了，睫毛不再瞬动
海已睡去

然而标灯醒着，桅灯醒着
我醒着
我那颗星此时的领唱正辉煌
今夜很好
中国夜很安全

现在该轮到月亮来猜测
军舰的第几只眼睛里是我的住舱了
午夜，十二点敲过
船钟上的罗马数字
就会蹦到舱板上
教我跳各种水兵舞

海上发出的信

海上没有邮局
报务天线不传递给你的信
海上没有邮局

想起你。在海上想起你时
便想起雁传书的事
便想起鱼传书的事
便随手将给你的信写在了
几张过路的白帆上
这些帆很快就在海面飘散
使我的信成为无头无尾的断章

应该是
岸边的每一块礁石上都坐着你
每一片树林中都闪烁着你的眼睛
银沙滩，金沙滩
你在沙滩上走着
你身后的脚印都开花了吗
（开花的脚印通向哪一个季节呀）
在脚印开花的季节里
你看到自海上飘来的白帆了吗

知道你正读着我的信
还不时地把粘在帆上的星儿
轻轻弹落在水面
（我写信时，笔尖总是沾满了这些闪光的宇宙小虫子）
帆桅上一定还飘着一束束漂亮的彩霞
那是一路上挂落的
就送给你缠绕在指尖上
绣渔村和港口的黎明与黄昏吧

能让你阅读白帆，每天每时每刻
每天每时每刻让你读着一张张白帆
是我的幸福
但愿你的脚印，那季节的花朵蔓延到海面
开满在我的航线周围
使我沉浸在被你理解的幸福中
我的军舰向前
我的身影投在甲板上，指北针一样指向你
只要海风不停地吹，朝你那方向吹拂
我就会把一张又一张白帆寄给你
我军帽上的风向带
也会不断地朝你打旗语

至于海上没有邮局
没有就没有吧

舰长的传说

传说舰长诞生在海底一条大峡谷
所以至今腮边还生长松针状的水草
并且是水草中最具魅力的一种

传说他喜欢骑在鲸鱼背上做游戏
在动物喷泉的沐浴下堆垒礁石积木
他随意翻阅海浪书页
学会了各种海风的语言
常常跟许多爬上膝盖的小海兽攀谈
直到培养出潇洒的海洋骑士风度
他便去结识海的女儿
开始和她进行漫长的恋爱
（舰长对此事总是缄口不言
 这就使得传说神秘及至神圣）

他的呼吸带着咸味儿，走在岸上
会把任何一处空气染上海腥
传说他的心脏是铁锚形的
注定让他属于海
注定让他当上水兵，注定让他
年青时轻轻地违反一条舰规
在一艘木壳艇的锚链舱里禁闭三天
然后注定让他来当我们的舰长

（如今那木壳老艇早就退出现役喽
青春也从舰长的额头驶出好些海里喽）
传说舰长有三次见到海魂
传说 舰长 有三次见到 海魂！

问他海魂是什么形状的他也不说
（海星样的？水母样的？美人鱼样的吗？
　总之他不说）
而他那双眼睛肯定是海魂赋予的
那两颗藏在椰树叶下的小行星
常常是夜里升起在海面，饱吸了太阳风
制造一些神奇的百慕大三角以外的哑谜
使海盗们无声无息地消失
永远躲进某几条不明去向的鲨鱼肚里
我们舰长，这海盗的天敌

至今他仍然单独去赴海洋的约会
他一人踱步海湾，在沙滩上坐着或者躺下
点燃那根海柳木的黑烟斗，这时我看见
一八四〇远远地燃烧

传说好多年前有个渔姑送给舰长
一些奇异的贝壳跟小螺蛳，每天晚上
贝壳们就在他枕头底下唱着优美的渔歌
为此我曾在夜里溜进舰长舱
结果我看见他的胸脯像浪一样起伏，我听见了
甲午年隆隆的回声

于是我幻想他英雄般牺牲过三次
每一次血都渗入他的髭须
像松叶上挂着的一缕缕晨曦
而每一次他又英雄般复活
（这事我当然没有跟别人讲过
  否则又将成为舰长最新的传说）

但我们舰长是个老猎人
这不是传说
他喜欢吞吃各种新版海图
他一剃胡子就是要出海了
这不是传说
有一次在舷边，他喃喃自语
他说：脚下是——液体的——祖国
这是我亲耳听到的
绝不是传说

靠岸

岸向我们抛起太阳
抛起老渔人的金斗笠
从海滩上从山脊上，岸向我们
抛起太阳
太阳升起来了金斗笠升起来了
太阳发光了无数条小绳子悠过来了快抓住呵
抓住太阳的绳索
紧紧地套在系缆柱上
抓住榕树的胡须，木棉树的手臂
抓住整座椰林
椰林后面的田野
田野后面的山岳
紧紧地套在系缆柱上
把我们兴奋的呼喊使劲甩出去
缠住港湾的喧闹声，打一个渔夫结吧
把沙地上的网和黑眼睛
把村庄的炊烟和笑容
拴在我们舰舷，再打一个渔夫结吧
抓住泥土，抓住草和灌木丛
抓住每一条大路和小路
抓住所有的江河与溪流乃至芬芳的空气
抓紧喽，用力拉呀使劲拉呀
管它大陆架移位了没有
使劲拉呀拉呀
把整个岸牢牢地
捆在系缆柱上

现在，舰长呵
命令你的车钟两车进三吧
让军舰全速驶向海洋
让我们
把岸拖走

蓝水兵

蓝水兵
你的嗓音纯得发蓝，你的呐喊
带有好多小锯齿
你要把什么锯下来带走
你深深地呼吸
吸进那么多透明的空气
莫非要去冲淡蓝蓝的咸咸的海风

蓝水兵
从海滩上跃起身来
随便撕一张日历揣在裤兜里
举起太平斧砍断你的目光
你漂到海蓝和天蓝中去
挥动你的双鳍鼓一排巨浪
把岸推向远处去
蓝水兵
你这两栖的蓝水兵

蓝水兵
畅泳在你的蓝军服里
隐身在海面的蓝雾里
南海用粤语为你浅浅地唱着
羊城在远方咩咩地叫着
海啸的唿哨挺粗犷
太阳那家伙的毛胡子怪刺痒
在一派浩浩荡荡的蓝色中
反正你蓝得很独特
蓝水兵
你是蓝鲸

春季过了你就下潜
一直下潜到贝壳中去
谛听海的心音
伸出潜望镜来瞭望整个夏天
你可以仰泳，可以侧泳
可以轻盈地鱼跃过任何海区
如果你高兴
你尽可以展翅飞去

去银河系对你来说
是再容易不过的事了
那场壮观的流星雨
究竟算一次空战还是海战
反正你打得够潇洒的
当天上和海上的潮声平息
当月光流泻如月光曲
你便在月光中睡成一座月光岛

早晨你醒来
在那棵扶桑树上解开你的缆绳
总会将一只金鸟儿惊起
它扑楞楞地扇下几根羽毛
响叮叮落在你的甲板上
世界顿时一片灿烂
在这令人眼花缭乱的光芒中
天开始一个劲地高
海开始一个劲地阔
蓝水兵
你便一个劲地蓝

台风

台风在菲律宾生长
菲律宾种植台风
每一季台风都带着浓烈的烟草味
因此台风一来真够呛人
台风台风

台风专为海洋生长
但却不是为岛屿生长
要知道一切岛屿都是女性的
而海洋总是属于男性
男性的海洋深深呼吸台风

台风钻进海洋的肺里
把那骄傲的胸脯高高撑起
台风拍打着条条浪柱子
让海洋浑身每一根汗毛都竖起来
台风把 SOS 刮得满天都是
它踩着岸的脊梁狠命摇晃
所有的渔帆都收起小鸽子翅膀
远远地栖在避风港

台风是一头横冲直撞的野牛
台风是流浪的醉汉
台风是不蒙面的海怪，用次声波狂笑
就连最温和的台风也毫不抒情
它用拳头捶着我们的舰舷大叫
水兵水兵

在台风里才知道
水兵的身躯应该有多强的抗风力
当陆地和岛屿被刮得不知去向
头上的军帽也被吹去放风筝
暗礁张开尖锐的牙齿等待咬碎脱锚后的船尾
水兵们的手臂仍然千次掀去了
死神盖来的黑斗篷
把锋利的舰首深深刺进台风的咽喉
在水下，铁锚以下的岩层
仍然布满了水兵的根须

这时才知道
水兵对海洋的爱有多么深，多么奇特
这时才知道
水兵是海底下长出来的男人
呵，水兵，水兵们
甲板上魁梧的亚热带防风林

在海上住久了，你会觉得海水不咸
纸烟的味道总是很淡
只要你是水兵
只要你当过海上斗牛士
只要你抽过那么一两回台风烟草

母亲海

让我解缆
和我的军舰一道驶向
母 亲 海

前方是太阳
迎面是风，是母亲海的鼻息
是母亲海暖暖的呵气
呵在我脸上
真的是母亲
我熟悉那气味
只有母亲才吹那样醉人的风
风牵着阳光
阳光哗啦啦地飘动
前方是太阳

母亲海 的 太阳

最初睁眼看这世界就认识太阳
曾经把它认成火和镜子
以后才知道它有翅膀
它会飞翔
再以后才知道那不是飞而是在跳动
它是母亲海的心脏在跳动
那样圆那样烫
每跳一下都牵动母亲海
隔着甲板也能感觉母亲海的脉搏
和我的脉搏跳着同样的节奏
这太阳我也有一颗
桃形的，就在我体内
指挥我浑身的河流
和我生命的潮汐
　　使我激荡
　　使我澎湃
　　使我沸腾
　　使我有天生的趋光性
而母亲海的太阳简直就是一块磁石
磁着我的这一颗
使我执着地驶向它
从母亲的手臂到母亲的肩
到母亲的秀发

母亲掂我，举我
用浪把我高高抛起，任我落下
落下千丈横竖也是跌在母亲的怀里
一点儿也不疼
　　母亲温柔如水
　　母亲透明如水
　　母亲深沉如水
　　母亲是水，是
　　　　　　母 亲 海

母亲海呵

当初母亲就用一捧水
一束阳光和一撮岸上的泥土
来塑造我的雏形
多少千年多少万年
千次万次的失败连着失败
有多少礁石就有多少未完成的我
不屈地屹立在那里
有多少海波就有多少母亲的皱纹
呵，母亲海
千年万年过去
这该是世上最痛苦的分娩
你的每一声呻吟都比雷鸣更加痛楚
那时候，谁是助产士
谁用一把巨大的产钳催我降生

母亲海，我的母亲
你给我龙骨，做我的骨架
你用海纹为我纹身
你给我军舰，舰上有桅杆
桅顶有旗帜
你给我星，星在旗上
为我导航
你给我灵魂
浩浩荡荡的民族之魂
　　醒着，是我的铁血
　　睡着，是我的呼吸
　　醒着睡着波动着我的躯体

睡着时，仍像是躺在摇篮
悠着，轻轻地悠
悠一下就是百年
总有母亲的手掌抚摸着我
那样的手掌，柔柔软软的
母亲曾经用它采过桑叶
采采芣苢，采采卷耳
采下多少朵朝代之花装满一篮
熏染我的芬芳之梦
再取来北斗勺盛接晶莹的花露酒
灌溉我的辉煌之梦

呵母亲，现在我已醒来
睁开双眼展望你母亲海
（我的眼睛酷似你的，粼光闪闪）
告别长城
——我曾扶着那砖墙学步
告别陆地
——抽去跳板我便成为铁岛
不告别北斗勺
——且将这大勺子悬挂在头顶
还要用它餐风餐雷餐食星光

航行千里，脚下是黄是绿是蓝
蓝的绿的黄的总是母亲变幻的衣裙
一道道裙褶颠簸着我
起伏着我的是母亲的体温
抛下去，我的脐带抛下去
紧扣着海下的一片桑田
我仍是母亲的胎儿
让母亲体内的鱼群回游在我的血液
游遍我的肺腑
拉起来，我的锚链拉起来
吮吸过母亲的乳汁
我便是母亲海浪涛的化身
吻我吧，母亲海
用你的嘴唇吮我的面颊
湿湿痒痒的
是喜悦之泪还是思念之泪
分不清你的我的
流进口中都一样咸
吹响我吧，母亲海
用你的手指按在我军舰的音孔
我的军舰竖吹是铁箫
　　横吹是银笛
　　横吹为龙吟
　　竖吹为虎啸
横吹竖吹吹出你的积怨你的愤怒
你的爱你的爱你的爱

海潮声声
千潮万潮母亲的声音在召唤我
层层叠叠从四方而来
母亲的声音在后
回转身去那是龙族的岁月在翻舞
母亲的声音在前
驶向前方母亲海的微笑永恒而有魅力
母亲的声音在两侧
两侧是我的长翼从群岛上掠过
母亲的声音，母亲海的声音在上
在我头顶，是饱蘸历史的浓云
浓云在召唤我

生在母亲海是一种光荣
生活在母亲海是一种光荣
我将升起，从最高的一排浪巅升起
上升到母亲的前额
紧贴在母亲的眉宇
闪闪发光
耀亮母亲海
耀亮母亲海，是

海 王 星

假日到舰桥去

假日到舰桥去
看你用很帅的动作滑舷梯
也听你的口琴独奏
你说你的琴声会随波飘去很远的异邦
汇合在印象派的大海里
那儿的海澎湃成一幅交响音画
犹如德彪西——这巴黎公社社员的儿子
他浑身的热血在激荡

当然要到海中去游泳
碰巧了会跟凶猛的鲨鱼王子做一场决斗
你的血从肩头渗出，溶化在海水里
而你却笑着说
瞧这些美丽的小珊瑚虫

我们也谈起战斗
你说战死了就为你举行海葬
把你种在海里
再请舰长在他的海图上
标出一座新的
珊瑚礁

代

DAIBA

跋

1986 年，在成都，当选“最受喜爱的当代十大中青年诗人”

诗是灵魂的写照

蒋登科问（以下简称问）：李钢兄好，虽然我们经常见面，讨论诗歌的机会也很多，但真正在私下谈论诗歌话题尤其是您的诗歌创作的机会并不是很多。只要谈到上世纪 80 年代的重庆诗歌，您是谁都不能忽略的诗人。因此，我想就您的创作和重庆诗歌的发展情况向您了解一些信息，希望得到您的支持。您是什么时候开始诗歌创作的？最初的创作动力是什么？后来能够坚持创作的主要原因是什么？

李钢答（以下简称答）：我开始诗歌创作很早，开初是写旧体诗，不是写新诗。好像是在读小学的时候，有一天，父亲给我一个题目，说写首诗吧。我当时不会写，父亲就举例说，人们在扇子上写过这样的话：六月天气热，扇儿借不得；虽是好朋友，你热我也热。这就可以称为诗啊，虽然不是很好，但写出了人们对于扇子的感受。于是我就开始写。为了写旧体诗，我读了许多古代的作品，专门研究了诗词的格律，对于平仄对仗是很了解的。我认为那对我后来写新诗是非常有帮助的。一方面知道了诗词的格律，另一方面是了解了中国的传统和文化。一个用汉语写作的人，不了解中国文化，那是肯定不行的。

后来坚持写下来，主要是因为有话要说。但说实话，我坚持得并不是很好，写出的作品也不是很多。

问：您出版过哪些诗集？还出版过其他类型的著作吗？

答：我出版过三本诗集，《白玫瑰》《无标题之夜》《李钢诗选》，（除此）之外就出版过一本漫画集《北窗漫画》和一本散文、漫画的合集《路过人生》。《路过人生》本来是要把漫画和散文分开出版的，但后来是我自己要求合在一起的，相互对照，觉得很有意思。

问：您的代表作是什么？您认为一个诗人的代表作的特点主要有哪些，或者这些作品何以成为代表作？您认为拥有代表作是不是一个诗人获得艺术名声和艺术地位的基本条件？

答：其实我过去没有考虑过代表作的问题。后来，《蓝水兵》出现以后，就有很多人关心，接着就有不少选本选我的作品，最初的时候别人来信、来电话征求意见，我都要问问选什么作品，只要听说要选《蓝水兵》，我就说那并不是我最好的东西，建议选别的。但是，人家很多时候都不听我的。再后来，接到这样的信息，我问都不问就知道又是选《蓝水兵》。从这个角度说，《蓝水兵》是我的代表作。

代表作有时不一定是诗人最好的作品，在其出现之后，诗人还可能写出更好的作品。但是，代表作一定是首先在诗坛上给诗人带来了名声和地位的作品，而且，代表作体现了诗人最高的才气，最大的创作潜力。不管他后来写出了多少好作品，代表作一定是诗人的标签。所以在最近几年，我在（中国）新诗研究所和其他地方开会的时候，都谈到了代表作的问题。我以为，现在的诗坛上，写诗的人很多，很多人也是很有才气的，但主要的问题就是诗人缺少代表作，所以人们记不住他，或者记住了他们的名字，但很难说出具体的诗歌作品，更难把有些篇章背诵下来。

问：我个人也认为《蓝水兵》是您的代表作，这组诗确定了您在当时诗坛上和新诗历史上的地位和影响。不管您是否认为它是不是您最好的作品，这种格局是很难改变的。您能够具体谈谈《蓝水兵》的创作情况吗?

答：我是 1968 年到南海舰队当兵的，较长时间在舰艇上工作和生活，跑遍了南海的几乎所有岛屿。我在部队里就写诗，而且写了不少，当时有些作品是应景的，但感情一定是当时的真实体验。去年，我们的战友在河北的承德举行四十年分别之后的重聚，他们在活动前要做一个集体的碟子，相当于才艺展示，要我写一首诗，我当时没有选择后来的作品，而是选了 1971 年写的一首告别战友的诗，诗当然不是很好，但有格律，朗诵起来效果比较好。我自己朗诵之后就被他们刻录在碟子上，效果非常好，播放之后，战友们都很感动。从这个角度说，诗一定跟它产生的时代有关系，脱离时代谈诗，就可能抓不到点子上。

我写《蓝水兵》是在离开部队十年之后，1983 年初。当时突然觉得应该写写部队生活，于是一口气就写了一大组，自己感觉非常好。当时的组诗没有《蓝水兵》这个名字，因为还没有写出《蓝水兵》这首诗。写好之后，我没有通过邮局寄出去，而是觉得应该直接送给诗歌刊物，当时想的就是《星星》，因为成都离重庆近。于是，在春天的某个晚上坐上火车，一大早就到了成都，到了布后街二号。当时，作协小院的门还没有开。开门之后，我就进去，发现流沙河已经到了办公室，他也发现了我，问我怎么在那里。我说我是送稿子的。他把我的诗翻了翻，认为很好，叫我马上送给《星星》的主编白航、副主编陈犀。我到《星星》的办公室，他们正好都在。我把作品给他们，他们都说好，让叶延滨马上编。叶延滨当时负责《星星》的一个重要栏目。《星星》发表那组诗一次就排了 22 个页码，当时是少见的，最后实在排不完，退了四首给我。这四首不是因为质量问题，而是版面所限实在装不下了。这组诗最后是以《李钢诗选》的标题发出来的。

就在那之后不久，诗刊社通知我参加第三届青春诗会。正好北岛、杨炼、顾城、王小妮他们来重庆玩，之后我又陪他们去了成都。看到《星星》的清样之后，北岛对我说，那组诗发表了对我不一定好，因为人们就会把我框定在那种题材、那种写法之中了。其后，我直接去北京参加青春诗会。那届青春诗会可能是青春诗会历史上接待规格最高的一次。当时，北京正努力做出开放的姿态，天安门、人民大会堂等都对游人开放了。李小雨主持这个活动，李瑛帮助联系到国务院在西山的招待所，邓小平二次复出前即住于此。我们住在 4 号楼，那是李先念副总理休养的地方。除了交流，青春诗会最后是要交一组作品的，我们那一届有柯平、龙郁、薛卫民、王家新等，他们都在忙着写东西，而我一点都不忙。看到我似乎不用心的样子，李小雨几次对我说：“李钢，你不能光玩，要交诗的。”其实我心里是有数的，《星星》没有用完的四首诗在兜里揣着，心里踏实。有一天下午，李小雨又对我说：“诗写得怎样了？明天早上邹荻帆要来收稿子。”那天晚上，我几乎没有睡觉，一直在想应该写一首比较霸气的诗把这几首诗串起来，其实心里久已酝酿着一首《蓝水兵》，名字、情绪、感觉全都有了，只是未动笔。现在到了交稿前的最后时刻，再不写不行了。于是就有了《蓝水兵》这首诗，我在稿子上反复修改，第二天一大早收稿子的时候，《蓝水兵》还没有抄完，直到最后时刻，终于提交了由五首诗组成的《蓝水兵》组诗。

因此，《蓝水兵》实际上是两组，一组在《星星》发表，题目还不叫这个，另一组在《诗刊》发表。所以叶延滨、李小雨都是《蓝水兵》的编辑。

问：据说，《蓝水兵》发表后，有刊物向您约稿，要求是和《蓝水兵》类似的题材，而且不管占多少篇幅，但您考虑了很久，最终谢绝了。是否可以说，您很珍惜自己的名声，而且也知道自己的创作很难马上就超越已经拥有的高度?

答：那是《解放军文艺》的刘立云。他读到《蓝水兵》之后，就向我约稿，说只要我写出超过《蓝水兵》的作品，《解放军文艺》愿意把一期的诗歌版面都给我。我当时就谢绝了。刚刚写出了《蓝水兵》，而且产生了影响，怎么可能在短期内再写出那样的作品，而且要超过《蓝水兵》呢？如果不能超过以前的作品，我宁愿不写。其实，我和刘立云一直没有见过面，直到去年他到重庆参加“中国著名作家看重庆”活动，我们才第一次见面。

问：既然《蓝水兵》是您的代表作，影响甚大，为什么您的第一部诗集不叫《蓝水兵》而叫《白玫瑰》呢？在我的印象中，许多诗人都以自己的代表作作为诗集的题目的。

答：实际上，在《蓝水兵》写出来之前，《白玫瑰》这部诗集已经通过了重庆出版社的选题，版都排好了，只等出版了。但杨本泉知道《蓝水兵》之后，临时决定在诗集里增加一辑，所以，《蓝水兵》是最后加进去的，两组诗至此合为一大组，不过诗集的名字已经不能改了。

问：原来是这样。要是不向您了解，真的不知道其中的蹊跷呢。您的成名作、代表作都是属于军旅题材的诗。在您看来，军旅诗和其他题材的诗主要有哪些差异？军旅诗可以为当下诗歌发展提供怎样的启示？

答：其实在中国，军旅诗的历史是很悠久的，过去的边塞诗、陆游和辛弃疾等人的一部分诗词都属于军旅诗。军旅诗一般都有特殊的背景，都与时代因素、军人的因素密切相关。和一般抒情诗相比，军旅诗更关注宏大一些的题材、主题，与民族、国家联系在一起，有一种崇高的精神追求。而普通的抒情诗可以写个人的小感触。我一直认为，诗人还是应该有所担当的，这种态度和意识在军旅诗中体现得比较好。

问：和其他一些诗人的作品相比，您认为您的诗在主题和表达等方面最突出的特点是什么？

答：这个问题比较复杂。我个人认为，自己只是写真实的体验，不写应景的东西；不去模仿别人，而是按照自己的路子写，写出自己的个性。写诗是最忌讳重复别人、重复自己的。可能当年北岛说得对，人们会以《蓝水兵》来框定和评价我的创作，其实我的作品采用了多样的题材，多样的手法，军旅诗只是其中的一部分。

问：在几十年的创作历程中，您创作的高潮期是在什么时候？

答：应该是在创作《蓝水兵》的时期吧。当时的作品比较多，也产生了影响。李瑛在 1999 年举行的我和傅天琳、王川平的“三套车”讨论会上说，《蓝水兵》影响了一代人，一代诗。前些日子，王久辛来重庆参加诗歌朗诵会，我们一起吃火锅之后，你回北碚了，我和他又一起聊天到半夜，之后他一大早就乘飞机离开了。

他说，即使今天把《蓝水兵》翻译到美国，一个字都不改，美国人也能接受。我想这也许是对的，因为我们有我们的爱国主义，美国也有他们的爱国主义。优秀的诗是可以超越文化、超越历史，超越国界的。

问：您认为决定一个诗人创作实绩的元素主要有哪些？在您的创作过程中，主要受到哪些诗人或者作家的影响或启发？您认为知识积累对于诗歌写作有什么影响？

答：影响诗人创作实绩的因素太多了，比如他的学养，他对生活的体验，他的人生态度，他对诗歌本身的理解，等等。知识的积累对于诗人的创作太重要了。知识使诗人丰富，使诗人学会辨别。一个诗人至少应该知道中国文化、中国传统，这样才可能有根基。现在的有些诗人对传统文化不关注，甚至鄙视，他们学的外国的东西，但他们又不会读原文，受到的影响实际上不是外国文化、外国诗歌的影响，而是翻译文本的影响，或者说是翻译者的影响。如果翻译得好，那当然是很不错的，比如冰心翻译的泰戈尔作品、傅雷翻译的法国文学作品。我曾跟（邹）绛老讨论过这个问题，绛老很认同，他人非常好，是孙静轩的老师呢，诗也翻译得很好，所以影响了很多人，遗憾的是他过早去世了。现在有些人，读的是翻译得很糟糕的外国诗，于是跟着模仿，结果写的东西土不土，洋不洋，看似华丽丰富，其实没有自己的东西，甚至在写作和思想上还显得很混乱，有的甚至是一团糟。这些都是因为知识学习不够造成的。

问：我赞同您的看法。现在，有些学者已经开始从新的角度来研究外国诗歌对新诗的影响，把翻译的外国文学作品作为一种影响源来看待，讨论翻译的优劣所带来的不同的效果。90 年代以来，您创作的诗歌在数量上明显很少，兴趣好像转向了漫画和散文。其实我也很喜欢您的这两类作品的，有诗意，使人于会心一笑之间体会到您的机智和智慧。发生这种转向的主要原因是什么？诗歌创作的经历对于您在其他领域的成功是否有帮助？

答：我的爱好很广泛。比如我喜欢音乐，尤其是喜欢四重唱。今天我们在一起交流的时候，我一直要放着音乐。我没有专门学过音乐，但是，我的音乐知识还是不错的，即使让我去大学给音乐专业的学生举行讲座，也不会胡说。所以在诗歌之外，我也写散文，画漫画。我对自己的散文和漫画也是很喜欢的。有一次在成都开会，《美文》的副主编宋丛敏无意中说叫我给他们写稿子。后来我真给他们寄稿子去了，就是《几块表，一些人》。他们最初也许不知道我还写散文，但作品发表之后，反响很好，《新华文摘》还转载了，后来不少人说读过这篇作品，而且很喜欢。我了解，他们几乎都是在《新华文摘》上读到的。后来，我还在《美文》开过一年的专栏。中央电视台的“电视诗歌散文”栏目拍摄和播出过我的八篇（首）散文和诗歌，都是我自己出镜。我喜欢那种报纸型的散文，篇幅比较短。有人说这样不好，不会产生多少影响。我不这样看，鲁迅他们都是从报纸上走出来的。而且报纸发表得快，杂志一般都要等上半年，写作时的感觉早没有了。我有时写散文甚至采用笔记体，三五百字一篇，那样其实很考验自己的能力。写诗对于我追求散文的精致、短小有很大的帮助，甚至使我在写作时像写诗一样去推敲每一个字、词。

问：您认为读者的评价、学者的研究、作品进入教材和受到文学史的关注等对于一个诗人的成名是不是具有重要作用？您的作品在这些方面的情况如何？

答：我不认为读者的评价、学者的研究、作品进入教材和受到文学史的关注等对于诗人的成名有多少好处。现在有些人特别喜欢在自我介绍中谈到这方面的话题，但是，鲁迅、郭沫若、茅盾、巴金他们自己写的小传，根本就没有谁谈自己的作品被什么书、什么教材选入了。但他们仍然是大作家、大诗人。只有那些没有多少影响的人才反复强调这些东西。我的作品，包括诗歌和散文，都有不少教材、选集收入，但我没有太留意这些方面的信息。

问：您虽然是陕西人，但在重庆生活了40多年了。您认为地域文化对一个诗人的创作有多大影响？坚持相对恒定的题材和主题对诗人的成名有什么帮助吗？

答：我虽然是陕西人，但除了开会，我没有在陕西生活过一天。我曾经查过，在我父亲上面几代，祖籍在甘肃，而且是古代罗马军团的后裔。我曾经在中央电视台看到过一个寻访罗马军团后裔的专题片，里面那些人虽然是农民，看起来很土气，但是我甚至可能开口就叫他们父亲，我父亲太像他们了。我弟弟的眼睛是蓝色的。所以我的血统中有混血的成分。我父亲是军人，我父母结婚是在上海，但结婚之后一个月，我父亲就去了朝鲜战场。我是在济南出生的，在那里生活了七年，后来又到常州和南京生活了七年，之后就到了重庆，到重庆两年多后，我又入伍到广东生活了五年。在成长过程中，我接受过齐鲁文化、江浙文化、巴蜀文化以及岭南文化的影响，虽然在不同地区生活时的年龄不同，有些影响也许是无意接受的，但确实对我影响太大了。比如读汪曾祺的作品，其中的一些语言，很多人要去反复研究，而我一读就知道那是苏北方言。接触多种文化，了解多种文化，对你的视野拓展、知识积累、判断力的培养等都有很大的帮助，（让我）可以避开狭隘意识，可以在更开阔的层面上学习和写作。

问：在艺术探索的过程中，您遇到的主要困扰有哪些？最终是如何解决的？

答：我没有觉得有什么困扰。不想写诗的时候，就写散文，甚至什么都不写，去研究音乐，研究传统文化，总有一个方面是适合我的。一个作家应该执着，但也应该爱好广泛，通过各种方式来完善自己和自己的创作。

问：据我所知，您是诗歌网站“界限”的创始人之一。我也很关注网络诗歌，认为它作为一种传播手段是应该受到重视的，但是当下的网络诗还存在许多问题，比如浮躁，比如创作过程的被覆盖，比如阅读频次的单次化、阅读深度的浅层化，等等。在几次会议上，您好像对网络诗是不赞同甚至是持否定态度的，请您谈谈这方面的意见。

答：我确实是“界限”的创始人之一，和李元胜他们一起搞起来的。但我从来不参加他们的活动，甚至现在还不使用电脑和网络。对于网络诗歌，我是不认同的。网络本质上是一种信息平台，和诗歌这种艺术是格格不入的。网络上流行很多恶搞，当前诗歌的风气在很大程度上就是网络搞坏的。而且，我认为，在网上发表诗太随意了，格局小，个人化，圈子化，有些低俗的东西甚至都进去了，这很难说有什么艺术价值，能够出什么好诗。到现在为止，我还没有看到哪一首优秀的诗是在网络上写出来的。好的网络诗人、网络诗最终都必须回到纸质媒介，才有可能被认同。

问：我虽然对网络诗存在的问题也是有看法的，但我对电脑、网络是不排斥的。它们对我帮助很大，而且，网络诗究竟会怎样发展，是不是可能引导一个新的方向，导致一些新的审美原则，现在还需要进一步观察和思考。下面，我想把话题转一转，谈谈重庆诗歌。您认为，重庆诗歌的整体水平在全国处于什么位置？您可以分时段来谈。

答：以前的不好谈，我只能谈谈我经历的时代。在我们那个时代，也就是上世纪 80 年代前期，重庆的诗歌在全国应该是具有地位和影响的。傅天琳和我先后获得全国诗歌（诗集）奖，使我们重庆的作品去影响了中国诗歌，而不只是我们接受别人的影响。现在不好说，不只是重庆诗歌在下滑，实际上全国的诗歌都存在下滑的趋势。

问：许多人认为，重庆是中国诗歌的重镇，您赞同这个说法吗？您认为一个地区成为诗歌重镇的基本要素应该有哪些？重庆的诗歌是不是具有这些要素？

答：这个说法我也听说过，但好像不是公认的。在上世纪 80 年代，可以说重庆是中国诗歌的重镇，刚才我说了，重庆的诗人影响了重庆之外的诗歌创作、诗歌读者，而不仅仅是接受了别人的影响，这是很难做到的。因此，诗歌重镇的基本元素就是要有影响很大的诗人，他们的创作要能够引导一种风气，成为别人学习的对象。现在的重庆诗歌存在的问题很多，但似乎缺乏那种有影响的诗人。

问：对于重庆诗歌，您是参与者，也是见证者，您认为20世纪的重庆诗坛上具有代表性的诗人有哪些，可以按照不同时期来分别罗列？

答：我说过很多次，对于过去的诗人，我们很难判断他们的身份，比如何其芳，我就不太赞同一定要把他列为重庆的诗人，他的大多数时间是没有生活在重庆的，也不在重庆创作。在50、60年代，梁上泉、陆棨应该算是有名的诗人，他们的影响大；80年代，应该算傅天琳和我；之后的问题就比较复杂了，不太好数出来。

问：您认为当下重庆诗歌创作存在的主要问题有哪些，如何解决？

答：问题还是很多的。我说过，有些人集中了诗坛上的所有恶俗的东西，格局小，视野窄，没有什么生活体验，作品缺乏境界，总是想去模仿别人，但又学得不像。这些问题的形成，恐怕不是哪一个人的原因，而是和整个社会都有关系，需要大家从自身做起，在所谓的潮流之中保持清醒，别人是难以用力的。诗歌总是应该有精神的，有崇高性，有境界，这需要诗人自身有这样的姿态、这样的修养才行。

问：有些诗人在创作时名声好像很大，但他停止创作后，其作品几乎没有人给予关注从而逐渐销声匿迹，您认为造成这种情形的主要原因有哪些？

答：这个问题可能有两种情况。一种情况是，有些人确实没有多少诗才，没有写出什么好的作品，当然很快就会被人忘记；还有一种情况是，有些诗人在创作上具有超前性，虽然写了不少作品，但他在有生之年没有得到读者、学者的认同，甚至在他们去世很多年之后，才被人们重新发现。当然，后一种诗人在世的时候其实也没有什么名声，甚至没有人关注，本质上是不存在销声匿迹这种情况的，但他们是真正的艺术探索者。

问：有些诗人注重宣传，包括举行各种研讨会、在报刊上邀请名人撰写评论文章等，您认为这对于提高诗人的地位和影响是否有帮助？

答：我不太认同这些做法，都是表面的、暂时的，无法真正提高诗人的地位和影响。当年李白他们写诗，好像没有什么研讨会，甚至没有报刊杂志可供发表，有些诗就直接题在墙上，但他们的作品照样留下来了。时间才是真正的判官，好的东西自然会被留下，不好的东西无论怎样炒作也是没有用的。除了上世纪 90 年代在北京和傅天琳、王川平一起搞的研讨会之外，我个人就没有举行过作品讨论会。而且，现在的讨论会都是找一帮人在一起坐坐，说些好话，这究竟有什么意思呢？我倒是希望能够改改这种做法，改变一下会风。

问：在我的印象中，您是一个正直、直率的人。我和您在一起参加的诗歌活动很多，包括作品讨论会，有关的评审、评奖活动等。我发现您对诗歌的评价从来都是看作品不看人的，只要作品好，不管是不是认识的，您都会大力推荐；如果作品不理想，即使是熟人、朋友，您也会不客气地进行尖锐批评。我很欣赏您的这种风格。从您的近乎挑剔的眼光看，您认为重庆诗歌要实现进一步发展，诗人、评论家和有关组织应该从哪些方面努力？您愿意在这个过程中发挥怎样的作用？

答：诗歌创作是个人的事，外人是很难帮忙的。作家协会这些年还是为作家、诗人的成长提供了不错的条件，出版了好几套书，资助了不少作家和诗人，而且每年都有这样的规划。但是，我们需要的是诗人自己拿出有分量的东西，真正写出好诗还是要靠诗人的努力。我倒是觉得，召开一些说真话的座谈会倒是很有意义的，诗人之间的真诚交流，也是有帮助的，但一定要说真话，一定要是真正的批评而不是唱赞歌，那样才能找到问题之所在，也才能找到推动诗歌进步的方式。

问：最近这些年，您好像又在开始诗歌创作了，我们都为此感到高兴。能谈谈您现在的作品和过去有哪些方面的变化吗？

答：我现在写得很少，偶尔写写，不一定是新诗。我最近就写了一组旧体诗，写的是永川的茶山竹海，因为自己熟悉音律、平仄，分得清普通话的读音和过去的读音。前些日子我听说李少红拍新版的《红楼梦》，我当时觉得毫无价值。当我看了之后就一发不可收拾，最后把它给看完了。虽然因为经费原因，有些背景设置等存在问题，但在对作品内涵的把握上做得相当到位，一是拍出了全方位的《红楼梦》。《红楼梦》不只是爱情故事，而是对整个社会的表现，新版《红楼梦》在这方面做得相当不错；二是在朗诵诗歌作品的时候，读的居然是古音，把入声字分得很清，这在过去的电影、戏剧、电视剧中都是没有的。当然，要看出这些信息，一般的观众是很难做到的。我最近写的旧体诗就非常注意在平仄、音律上用功。当然，我可能还会写新诗，而且我相信自己还能够写得好，但究竟什么时候能够写，现在还很难说。

问：非常感谢您接受采访。对您的许多观点，我都是认同的。今天的访谈中涉及的不少话题，其实我也和您有同感。希望今后多交流，也希望读到您的新的诗篇。

答：我也很少专门谈诗，尤其是谈自己的诗。通过多次的交流，我发现我们的观点很相似，所以我谈得很直率，这就是我的性格。

蒋登科 李 钢

2011 年 7 月 24 日

于重庆市渝北区玉峰山喜百年丽水度假酒店